读者文摘美文

世界的精彩，
我也要参与

学生版

石兵 ／ 著

北京工业大学出版社

图书在版编目（CIP）数据

读者文摘美文：学生版．世界的精彩，我也要参与/石兵著．—北京：北京工业大学出版社，2018.2

ISBN 978 - 7 - 5639 - 5801 - 6

Ⅰ．①读…　Ⅱ．①石…　Ⅲ．①散文集—中国—当代

Ⅳ．①I267

中国版本图书馆 CIP 数据核字（2017）第 303092 号

读者文摘美文（学生版）·世界的精彩，我也要参与

著　　者：石　兵
责任编辑：李　杰
封面设计：壹诺设计
出版发行：北京工业大学出版社
　　　　　（北京市朝阳区平乐园 100 号　邮编：100124）
　　　　　010－67391722（传真）　bgdcbs@sina.com
出 版 人：郝　勇
经销单位：全国各地新华书店
承印单位：三河市兴国印务有限公司
开　　本：880 毫米 ×1230 毫米　1/32
印　　张：8
字　　数：132 千字
版　　次：2018 年 2 月第 1 版
印　　次：2018 年 2 月第 1 次印刷
标准书号：ISBN 978 -7 -5639 -5801 -6
定　　价：30.00 元

导读

在人的一生中，学生时期是积累文化知识、塑造价值观的重要时期。要想开阔自己的视野，丰富自己的人生，在同龄人中成为佼佼者，仅凭课本上的知识是远远不够的，必须多读书、读好书。

好书可以增加我们知识的深度和广度，好书可以传递深邃的人生哲理，好书可以帮助我们树立正确的人生理念，让我们拥有一个更广阔、更光明的世界。

一个人面对自我时，需要的是镜子；一个人面对外面的世界时，需要的是窗子。使用镜子才能看见自己的污点，通过窗子才能看见世界的明亮。

我们需要开启心灵的窗子，通过和别人的接触获得经验；我们也常常需要借鉴别人的经验，以此做镜，来观照自己的人生。

我们身边的杂志、图书浩如烟海，如何充分利用宝贵的时间多读有价值的文章；如何选择那些具有知识性、思想性的读物，提升自己的文学修养、增加自己思想的深度，是每个处于学生阶段的人都必须面对的问题。

"读者文摘美文（学生版）"系列就是这样一套好书，

这里的作者，都是一线期刊（如《读者》《青年文摘》《意林》等）的签约热门作者；他们的作品，很多被选作中考高考阅读试题。

本套书融各类精品文章于一体，主旨在于陶冶情操、启迪智慧；用真实质朴的文字，讲述了一个个感人至深、发人深省的故事。无论是单纯的阅读，还是为了积累写作素材，学生们都可以在书中找到一份意想不到的收获和满足。

学生们无不对未来有着美好的憧憬。然而，很多人在涉世之初，因为缺少正确的指导，往往会事倍功半，还有的甚至接受误导，不小心踏入歧途。

经验有好有坏，不能囫囵吞枣，一股脑儿接受，应当有所选择，择优而从。我们听惯了空洞的说教和死板的理论，那些只会令人备感乏味，生动的故事和质朴的哲理更能让人乐于接受。

本书是一部关于人生与理想的励志文集，由几十篇文字优美、寓意深刻的文章组成。文章中的人生理想或大或小，或新奇或陈旧，或涉及个人成功，或表达国家气质，或诠释成功真谛，或展示方式方法，虽然形式不尽相同，表达的却都是内心的真实渴求。它们闪烁着七彩的光芒，吸引着我们去探究与追寻。

希望每一个学生都能愉快地阅读本书，自信而蓬勃地成长进步！

目　录

第一辑　看世界：多姿的人物和缤纷的事件

每一天，世界都有精彩在上演。多元化的社会，不同的人物，用不同的方式，演绎他们的人生。看他们的故事，开阔自己的视野，既能积累知识，又能陶冶情操。

第二辑　看世界：奋斗的楷模和成功的启示

　　现实生活中，人们往往只看到辉煌的结果，却忽视了辉煌结果后面所隐含的艰辛过程。好多人也只想得到辉煌的结果而不愿付出艰辛的劳动。都说台上一分钟，台下十年功。要想取得辉煌的成就，必须付出比常人更多的努力和劳动。我们不要只是羡慕别人的成绩或荣誉，而应该多了解别人的付出和艰辛。

第三辑　看世界：非凡的创意和绝妙的点子

有这样一群人，他们怀揣梦想，步履艰难地攀爬在人生的山峰上。现实的无奈激发了他们丰富的想象力，使他们有了非凡的创意，产生出新奇的点子。而这些创意和点子最终影响和改变了世界。

第一辑

看世界：多姿的人物和缤纷的事件

每一天，世界都有精彩在上演。多元化的社会，不同的人物，用不同的方式，演绎他们的人生。看他们的故事，开阔自己的视野，既能积累知识，又能陶冶情操。

奥巴马"织围脖"

美国前总统奥巴马热衷"织围脖"由来已久。2006年，美国人威廉姆斯创建"推特"网站后，奥巴马立刻注册了自己的微博，自此后，他的微博一直保持着极高的更新率，这也给他带来了巨大的人气。网友们说，看奥巴马的微博如同听他的演讲，煽情的口号式用语充分显示出他雄心勃勃的领导者风范。

奥巴马微博的内容也是五花八门，从国事活动到日常琐事再到一句话的感悟，这些都充分拉近了他与美国人民的距离。因为有了微博，总统变成了美国人民的身边人。

奥巴马还充分利用微博的沟通功能，他的微博关注了时任的俄罗斯总统梅德韦杰夫和英国首相卡梅伦。这样，通过简短的微博，这三位领导人就能直接进行秘密外交。奥巴马开玩笑说："有了微博以后，白宫的红色电话已经很久没响过了。"

此外，奥巴马还用微博干出了一项"壮举"。2011年7月6日，奥巴马成为美国历史上首位在微博上举行市政会议、与选民直接交流的总统。他通过"推特"网站直接回答网民提问，整个过程持续了一个小时。

当时，在活动通知发出后，"推特"上共出现约16万条带有"我向奥巴马提问"标签的微博，经过筛选，有18个问题被送到了奥巴马手上，其中不乏就业、税收及住房等热点问题，奥巴马对所有问题进行了认真仔细的回答。微博会议上，奥巴马也主动问了粉丝很多问题，比如，"为了降低赤字，你们会削减哪些开支？会保留什么开支？"等等。奥巴马耐心听取了网友们的意见，并进行了互动交流。

活动中，美国国会众议院议长、共和党人约翰·博纳发微博向奥巴马提问时，不小心打错了几个单词，对这个对立党的竞争对手，奥巴马毫不客气地进行了嘲笑："在回答你的问题前，约翰，你需要提高一下打字技术。"

通过这次特殊的市政会议，奥巴马与美国平民进行了平等的交流，虽然仍有非议声，但还是为他赢得了更多的赞誉。

2011年10月14日，奥巴马发表了最新微博，公开"推销"一款印有副总统拜登照片的杯套。奥巴马在微博中写道："想让你的苏打水保持清凉？让副总统来帮你。"新颖的广告词和亲切的语气让这条微博被疯狂转发。据悉，这款杯套是竞选团队为奥巴马2012年参加总统竞选筹款的几款售卖产品之一，除了副总统杯套，竞选团队还推出了如旅行背包、T 恤衫、保温瓶等产品，上面都印有奥巴马的照片、名字或竞选口号。有网友戏称，如果经济状况持续低迷、奥巴马未能在明年的大选中再次胜出，他也不必担心，因为他还可以凭借这一独特的"天赋"成为一个称职的推销员。

通过"织围脖"，奥巴马成功树立了自己正直、随和、幽默的公众形象，为自己的政治生涯积累了不菲的资本。通过玩微博，他还拥有了更多忠实的粉丝，也让许多不关心政治的人加入了拥护他的阵营，为他赢得 2012 年总统大选奠定了坚实的基础。

普京妙语解窘境

2011 年 9 月 19 日，俄罗斯 NTV 电视台在全国范围内播出了一档政治脱口秀节目，节目嘉宾是两名亿万富翁列别杰夫和波隆斯基。其中 52 岁的列别杰夫拥有英国《独立报》和《旗帜晚报》等多家报纸，39 岁的波隆斯基任俄罗斯主要房地产公司米拉克斯集团总裁，两人辩论的焦点是国内的金融危机。

不料，节目刚刚开始就发生了意外情况，两人对国内房地产行业的认识出现严重分歧。列别杰夫更是点名道姓地对波隆斯基的房地产公司表达了不满，声称波隆斯基为了挣钱置楼房质量于不顾，并指出米拉克斯集团正在莫斯科建造的一座摩天大楼出现了裂缝。波隆斯基立刻进行还击，声称列别杰夫的指责毫无根据，并骂列别杰夫是骗子、恶棍。很快，两名亿万富翁的辩论变成了相互谩骂。突然，怒不可遏的列别杰夫站起身来，冲到波隆斯基面前打出了一套组合拳，波隆斯基顿时连人带椅被打倒在地。波隆斯基倒是没有还击，但却向摄像机镜头展示了手臂上的一块乌青和被撕坏的牛仔裤。在舞台另一角，已经冷静下来的列别杰夫则声称自己只是自卫，只是推了一下"挑衅"的波隆斯基。

两人打架的视频在互联网上受到热捧，部分西方媒体也抓住此事大做文章，声称两名亿万富翁在电视节目中举止粗鲁，是俄罗斯政治体制和经济现状的缩影，并将矛头直指时任政府总理普京。

9月21日，在全俄人民阵线联邦协调委员会会议上，普京和俄罗斯工业家和企业家联盟主席亚历山大·绍欣谈起了这起打架事件。这时，在场有西方记者别有用心地询问普京对这一事件的看法。

面对咄咄逼人的西方记者，普京没有丝毫犹豫地表达了自己的立场，他说："我们有人民阵线，我们不和任何人打架，但这两人没有什么阵线，他们打来打去，只为自己的利益，这是流氓行为！"

接着，普京问绍欣："工业家和企业家联盟设有道德委员会吗？"

绍欣说："没有，但幸运的是，这两名企业家不是联盟的成员，而且联盟里没人相互抱怨。"

普京笑着说："全俄人民阵线中有一些老兵，他们不年轻，但身体非常结实，我们还有一个老兵组织，成员在阿富汗打过仗，爱打架的家伙在那里会挨揍，够他们受的！你们可以想象，他们是如何为了钱而像狗一样咬起架来，就像某些顶着正义帽子的国家一样。"

台下一片笑声，西方记者听出了普京语带双关的讽刺，红着脸闭上了嘴。

普京用恰当的比喻表达了自己对于亿万富翁动武的厌恶，也展示了自己强硬的一面，严辞回击了西方敌对势力的挑衅，化解了窘境，展示了自己的人格魅力，得到了广大民众的一致认可。

"最昂贵错误"的背后

2011年12月13日，在美国纽约索斯比拍卖行的一场拍卖会上，有一件拍卖品引起了人们的广泛关注，这就是1976年苹果公司三位创始人韦恩和乔布斯、沃兹尼克签署的"苹果公司合伙合同修正协议"。这份补充协议是在韦恩以800美元卖掉苹果10%股份后签署的，协议确认了韦恩不再是苹果公司合伙人。

在全世界的各大媒体上，韦恩的这个决定一直被认为是世界上最昂贵的错误，因为当年他以800美元卖出的股权后来净值高达3500亿美元。他放弃了天文数字般的财富一直被作为创业者的反面教材，但是，事实真的如此吗？

1976年4月初，42岁的韦恩和乔布斯以及沃兹尼克联合创办了苹果计算机公司，韦恩负责设计了第一个苹果公司徽标，并起草了最早的合伙合同以及苹果一号电脑的使用手册。韦恩当时拥有苹果公司10%的股份，但是仅仅十天之后，韦恩就以800美元的价格将自己的苹果公司股份全部卖给了另外两名创始人，接着他就彻底离开了苹果公司。苹果公司一直对韦恩的离开讳莫如深，仅以一句"韦恩经济上遇到困难"搪塞了之。

但实际情况是，当时的韦恩虽然收入不高，可绝非食不果腹。三十多年来，无数媒体试图挖掘当时的真相，后来更是传出无数种说法，甚嚣尘上的便是乔布斯与韦恩的不和论。

事实上，乔布斯与韦恩的感情非常深厚，由于年龄关系，乔布斯一直将韦恩视为某种"父亲般的角色"。后来虽然韦恩离开了苹果公司，但乔布斯一直没有放弃过再次请韦恩进入苹果。1978 年，苹果公司在竞争激烈的计算机市场站稳了脚跟，乔布斯再次郑重地邀请韦恩加入苹果公司，但韦恩却毫不犹豫地拒绝了乔布斯的请求。他继续在雅达利公司工作，后来又换了好几家电子公司上班直至退休。韦恩退休后靠卖珍稀邮票、罕见钱币和金币维持生计。

韦恩一生申请了 12 项专利，但他没有足够的资金对这些专利进行投资，没有靠这些专利来赚过一分钱，这让韦恩一直无法跨入真正的富豪行列。自从离开苹果公司，韦恩没有拥有过一件苹果公司的产品，直到 2011 年 9 月 5 日，他在英国布赖顿市参加"现代化研讨会"时，才收到了一件 iPad2 做礼物，这是他生平拥有的第一件苹果公司产品。而这时，乔布斯已经病入膏肓。

2011 年 10 月 5 日，乔布斯因积劳成疾病逝，年仅 56

岁。77岁的韦恩悲痛之余，也终于道出了当年股份转卖事件的真相。他说："毫无疑问，我坚信当年离开苹果公司是一个正确的决定。我知道，乔布斯和沃兹尼克是多么优秀的小伙子，他们拥有过人的智慧，但是他们两人也是真正的工作狂，像旋风一样。你知道的，这样对事业很好，但对身体很不好。如果我当年留在苹果公司工作，巨大的工作强度可能会令我没命活到现在。"

一语道破天机，原来，韦恩并不想用透支生命的方式来换取财富。当我们带着嘲讽的口吻谈论当初韦恩的决定时，56岁的乔布斯已经英年早逝，而77岁的韦恩仍然平静从容地生活着。从人生的价值来看，或许乔布斯更为精彩辉煌，但他的人生并不是完美的，过大的压力让他透支了自己的生命，从某种意义上来说，犯下最昂贵错误的或许不是韦恩，而是乔布斯。

乔布斯两"批"奥巴马

2010年初秋，苹果公司CEO乔布斯的夫人鲍威尔去华盛顿旅行时遇到一位白宫朋友，朋友告诉她，奥巴马总统将于10月访问硅谷。

　　听到这个消息，鲍威尔心中一动，她想起苹果公司正蒸蒸日上，也许需要政府的支持，于是她建议总统和乔布斯见一面。这个建议经由朋友传回白宫，很快得到了奥巴马的同意。但是，当鲍威尔兴奋地把这个消息告诉丈夫时，却被他一口回绝了。事实上，乔布斯一直对奥巴马政府非常不满，他根本不愿主动去见奥巴马。

　　眼看时间一天天过去，很快就要到约定时间了。鲍威尔急了，她把在斯坦福上学的儿子里德叫了回来，让他说服乔布斯。

　　里德对父亲说："奥巴马政府花着纳税人的钱，而苹果公司每年纳的税足够白宫运转一个月，所以，如果有什么不满你可以直接对他说，我想，或许会有意想不到的收获。"儿子的话让乔布斯心动了，他决定赴约。

　　10月6日，乔布斯与奥巴马见面了。两人握手坐下后，乔布斯就不客气地对奥巴马说："看你的架势，你只想当一届总统吧。否则，政府应该对企业友好一些。"乔布斯的强势让奥巴马一愣，起初，他认为乔布斯妻子主动要求见总统，是为了表示对他的支持，现在看来，根本不是那么一回事。奥巴马很快平静下来，他谦逊地说："乔布斯先生，我想，我一直对贵公司很友好，不知道您的意思是?"

　　乔布斯说："我的公司在全世界任何一地建工厂都会大

受欢迎，但唯独在总部美国没有。你要知道，在中国建一家工厂是多么容易，而在美国几乎是不可能的，监管和不必要的成本太多太烦琐了。你知道的，我非常忙，不会花太多时间在这些毫无意义的事情上面！"

接下来，乔布斯又抨击了美国的教育体系，说它陈旧得毫无希望，然后又讲了金融政策等。整个会面过程中，乔布斯把政府批得体无完肤，但奥巴马只是认真记录着乔布斯所说的话，没有做任何辩驳。45分钟后，两人的第一次会面在有些尴尬的氛围中结束了。

2011年2月，奥巴马又要来硅谷，他点名要见乔布斯。这次乔布斯也没有拒绝，他对来宾名单以及食谱一类的细节都非常关注，可谓做了充足准备。

会见时，乔布斯开门见山地说："无论我们的政治理念是什么，我希望你了解，我们来这儿是为了做任何你要求的事情来帮助我们的国家。"

这一次，乔布斯准备了一些具体问题。他说："我们需要有更多训练有素的工程师，建议对所有在美国拿到工程学位的外国留学生都发签证，让他们留在美国。"奥巴马不客气地回应说："那是只有在《梦想法案》中才会实现的东西。"乔布斯大怒，针锋相对地说："总统是个聪明人，可你一直在向我们解释为什么事情做不成。你知道吗，这正体现了政治是如何导致社会瘫痪的。"

眼见要陷入僵局，乔布斯转移话题说："既然如此，那我们只能培养本国工程师了。苹果在中国雇用了70万名工人，需要三万名工程师去指导这些工人。这些工程师只需要掌握基本的制造业工程技能，技术学校就可以培养。如果你能培养出工程师，我们就可以把更多的工厂搬回来。"这一次，奥巴马没有拒绝，他认真记录下了这个提议，并示意乔布斯继续说下去。

两人的第二次会面持续了一个小时，大部分时间仍然是乔布斯在猛烈"批评"奥巴马。

这次会面结束后，奥巴马一个月内三次在白宫会议中提到了乔布斯："我们必须找到方法，把乔布斯告诉我们的那三万名制造工程师培养出来。"接下来，他亲自调研了相关的大学和培训机构。

奥巴马的重视让乔布斯很高兴，他主动给奥巴马打了电话，说："说实话，我没想到你会这样做，我很高兴，事实上，我并不期望你能真正解决这些问题，但你的态度令我很高兴，我觉得没有白白纳税。"乔布斯甚至还提出，要帮奥巴马做2012年总统竞选的政治广告。

2011年10月，在得知乔布斯去世的消息时，奥巴马非常痛苦，他说："乔布斯是美国最伟大的创新者之一，他改变了我们每个人看世界的方式。"而正是这两次会面让乔布斯和奥巴马成了好朋友。

事实上，这不仅仅是两个人的会面，更是民众与政府的会面。民众不再处于弱势，政府不再强权，奥巴马贵为总统，却像做了错事的学生，虚心接受乔布斯的"耳提面命"，真正把自己放在"公仆"的位置，这所体现出的，正是他虚怀若谷的人格魅力。

18 岁的英国议员

2011 年 2 月 15 日，18 岁的汤姆·布莱特苏正式担任英国剑桥郡圣艾斯市议员，从而创造了新的历史，成为英国历史上最年轻的市议员。

这个叫汤姆的小伙子此前还是圣伊沃中学的一名高中学生，令人难以置信的是，他只花了两个月的时间就赢得了竞选。要知道，身为独立竞选人的他，面前的对手可是在英国权倾一方的保守党成员。

汤姆的母亲是一名小学教师，父亲是地区委员会退休成员，汤姆从小就受到了良好的家庭教育。他天性活泼，乐于助人，在所在社区担任过多种角色，并在圣沃伊中学连续几年担任学生会主席。正是这种生活经历让汤姆渐渐有了政治意识。

汤姆说："其实在两年前，我对政治还不感兴趣，但现在一切都改变了。父母常常告诉我要关注时事，这样才能更多地帮助别人。在听说有这一岗位的时候，我想了想，觉得这听起来很有意思，而且我喜欢在社区里帮助别人，于是，我决定参加竞选。很多人认为我疯了，我也遇到过一些人，对我的年龄表示质疑，然而这一切反而让我更加有决心赢得选举。"

竞选过程中，汤姆在家人和朋友那里获得了很多支持，这让他有了充分的勇气面对众多的质疑。在竞选演说中，他希望圣艾斯市的年轻人更多地参与到地区事务中来，并且通过努力改变居民们对议员的负面看法。虽然演说中汤姆略显紧张并且演讲词有些简单，但是他这种不矫揉造作的表现反而打动了那些选民。选民们都对这个一脸稚气的大男孩产生了好感，因为他有着那些老政客所不具备的诚信与朝气。

越来越有信心的汤姆还充分利用自己的人脉资源为自己拉票。他说："我的朋友们大部分还没到可以投票的年龄，但是他们可以说服父母参与，我想利用这次机会，提高学校里的年轻学生的政治意识。我认为，我可以给市议会带来激情、新鲜感以及创造力。我觉得每个人都应该公平地获得表达政治观点的机会，对年轻人而言也一样。很多人在18岁的时候已经开始为国家而战，因此为什么18岁的年轻人不能在公共部门任职呢？"

虽然竞选活动很忙，但汤姆一直没有放松学习。他一边忙着竞选，一边还要写作业，在几乎与议员选举同时进行的高中考试中，汤姆取得了优异的成绩。戏剧研究、生物及历史等多门科目都得了A等，而在市议员竞选中，他也打动了足够多的选民，最终成功当选。

当获胜的消息传来，汤姆十分高兴，他说："当我获胜的时候，我非常吃惊，真的不敢相信这是真的，因为和我差距最近的对手是保守党成员。说实话，如今我拥有了作为议员的权力，还真的让我觉得提心吊胆。我猜想，这也代表着困难的任务真正到来了。"

汤姆正式上任之后，立刻开始处理一些当地事务，比如土地分配、住宅、垃圾、街道照明等问题，同时他也要继续完成自己的学业。高中毕业后，他将用一年时间熟悉新角色，并且前往夜校学习政治学，随后前往大学进修。

汤姆说："虽然一边要忙议会的事，一边还要学习，不过我觉得兼顾起来还算容易，其他议员全职处理议会事务同时还有家庭的担子，而下午三点我就放学了，之后那段时间有议员帮忙解决问题，对居民来说应该是好事。"

圣艾斯市市长也对汤姆大加赞赏，他说："布莱特苏议员有着与众不同的创意和朝气，我们欢迎这样的年轻人加入议会，我们相信他一定会得到公众的认可，做出一番成绩。"

向州长说"不"的俄罗斯机长

2011 年 6 月 8 日下午，俄罗斯航空公司高级机长安德烈·利特维诺夫像往常一样正在检查飞机的动力系统。这架飞机将从西伯利亚城市伊尔库茨克飞往莫斯科。离飞机起飞只有半个小时了，一切都在有条不紊地进行着。突然，一名空乘人员急匆匆跑了过来，对安德烈说："机长，空管调度有急事找您，请快到通讯室。"

安德烈以为出现了什么突发情况，他连忙赶到通讯室，拿起报话机："你好，我接到通知联系你，出什么问题了？"

话筒里，调度长的声音传来："安德烈，很遗憾地通知你，飞机暂时不能起飞，一名高级官员需要到达这里，等官员到了之后，我们才能允许起飞。"

听了调度长的话，安德烈只是略微犹豫了一下，就坚定地说："对不起，请转告这位高级官员，让他乘坐自己的私人飞机，我要送这些乘客走。请注意，这不是包机，而是定期航班，现在还有半小时时间，请让你们的高官别迟到，这样就能和我们一起飞了。"

听到安德烈的话，调度长的声音明显焦急起来，他说："安德烈机长，很明显，高级官员不会在半小时内赶到机场，你必须要等着他，请你注意，这是命令。"

安德烈却没有做出任何回答，只是继续安排机组人员做好起飞前的准备。很快过去了二十分钟，按照规定，他在起飞前十分钟关闭了舱门，同时，他拿起话筒对着空管调度说："时间已经到了，我已经关闭舱门，不会再让任何人登机。"

很快，调度长气急败坏的声音传来："安德烈，我们不会让你起飞。"

安德烈却仍不为所动，他告诉调度长："请邀请电视台和记者们到这里，看看为何一架定期航班会推迟吧。"

最终，由于没有空管调度的允许，飞机推迟了一小时起飞。调度要求他等待的高官伊尔库茨克州州长德米特里·梅津采夫最终登上了飞机。当时，梅津采夫由于开会超时，无法按时到达机场。

从表面看，安德烈机长的抗争没有奏效，但事实上却并非如此。安德烈把当时与空管调度的对话录音交给了媒体，并很快在网络上传播。对于安德烈的抗争，广大网友纷纷表达了敬意。一名网友留言："勇敢的同志！"另一名网友写道："有勇气的机长，向他致敬！"

与此同时，检察机关启动了关于此事的专项调查，他们称将彻底调查 6 月 8 日事件中是否有消费者权益受到侵害。而据俄罗斯媒体报道，这起事件已经直接危及当事人梅津采夫的政治生涯。梅津采夫所属的统一俄罗斯党中央执行委员会主席安德烈·沃罗比约夫公开表态说："这起事件不可接受，我们需要仔细研究，然后得出结论。"另一名议员亚历山大·欣施泰因则说："这真是太粗鲁了，必须严惩。"

迫于压力，梅津采夫向公众道了歉，并且打电话给安德烈，除了道歉，还发出了请他喝西伯利亚花草茶的邀请。

而安德烈，这位曾在苏联时期为国家领导人开过飞机的老机长，则只是对着媒体淡淡地说："我只是在提醒大家，没有人能凌驾于人民和法律之上。政府官员是为人民服务的，只有得到人民的拥护，我们的国家才能更加富强。很高兴，我看到梅津采夫道了歉，希望类似的事情不要再发生了。"

被停职的英雄

2011 年 4 月 10 日上午，在英国南斯塔福德郡的乡间小路上，51 岁的女邮递员朱莉·罗伯茨像往常一样正开着邮递车四处送信。她打开车窗，享受着一阵阵春风吹拂，非常惬意。突然，在一个拐角处，因为转弯过急，她放在车窗边的签字钢笔被甩了出去。朱莉连忙停下车，走出车子去捡掉在地上的钢笔。不料，就在此时，意外发生了。

朱莉弯下腰捡钢笔的时候，身后的车子引擎突然响了起来。朱莉心中一惊，这才想起，刚才急着下车找钢笔，车钥匙放在点火开关上没有拔出来。

她顾不上捡钢笔，连忙回头向邮递车冲去。只见车子正驾驶位置已经坐上了一名一脸凶相的中年男子。中年男子看到朱莉冲过来，竟启动邮递车冲了过来。面对危险，朱莉没有一丝犹豫，她奋力一跃跳上了引擎盖，死死抓住车前盖，并大声叫喊起来。

看到朱莉奋不顾身的样子，偷车贼也慌了神，他发动车子猛踩油门，试图把朱莉甩下去，但是朱莉此时却爆发出了超乎常人的力量，她死死抓住车子，叫喊的声音也越来越大。这时，周围的车辆看到这一幕，纷纷开足马力冲过来要帮助朱莉。

转眼间邮递车就冲出了一公里，偷车贼被朱莉的气势吓坏了，他趁着后面的车子没有追上来，连忙停下车，打开车门疯狂逃窜了。

虽然没有现场抓住偷车贼，但朱莉却记住了偷车贼的样子。在她的配合下，警察很快抓住了这个惯犯，并追回了不少赃物。在经过当地报纸报道后，朱莉一下子成了民众心目中的英雄，并被警察局授予了"勇敢市民"的称号。

但是，当朱莉回到皇家邮局，上司在了解到具体情况后，一方面安慰了朱莉，另一方面，却又做出了让朱莉停职的处理决定。原来，朱莉下车后还把车钥匙留在点火开关上的举动违反了邮局的相关规定，按照规定，朱莉将被停职扣发薪金甚至还可能被解雇。

很快，朱莉在邮局的遭遇被报纸报道了，她很快收到了100多封来自公众的支持信，还有人给英国皇家邮政部门写信，请求解除对朱莉的停职处理，让她立刻回到工作了13年的岗位上。后来，事件的影响越来越大，很多英国议员，包括英国下议院领袖，都呼吁解除对她的停职处理。

但最终的结果却很让人意外，英国皇家邮政不但没有让朱莉回到热爱的岗位，还把她调到伍尔佛汉普顿的一家邮件分类办公室转行从事邮件分类工作。

面对邮局的决定，朱莉显得很无奈，但她也表示自己将会尊重公司，因为毕竟是自己违反了公司规定，而且她很快调整了心态，恢复了一直的乐观。面对记者，她笑着说："我当然想回到原来日常投递的岗位上，这是最理想的结果，但能继续留在皇家邮政工作已经很不错了。公司找我谈了话，我明白，公司规定是面对所有员工的，不能因为我就特殊，所以，我主动要求对自己扣发薪金，但是上司却告诉我，因为我的勇敢，公司决定奖励我一笔钱，而这笔钱要比扣发的薪金金额还多一点，呵呵。"

朱莉的表现令英国民众更加赞叹不已，英国下议院领袖乔治·扬说："朱莉是一名勇敢的女性，她尽全力保护了英国皇家邮政的财产。同时，她更是一名称职的员工，她是所有英国公民的楷模。"

被停职的朱莉依然被称为英雄，但是英雄二字的含义却更加丰富了。因为她成为令英国民众更信服的典范，不仅因为她的勇敢，更因为她的勇于承担责任，而这才是她打动每个普通人的真正原因。

"板凳"妈妈的爱比天高

1956 年，她出生在湖南湘潭板塘乡一个贫困农家，她的出生曾给家里带来无数欢笑，但是，命运之神却在接下来的岁月里向她展示了无比残酷的一面。

一岁时，父亲因病去世，不愿改嫁的母亲带着她艰难度日，虽然生活清苦，但母亲坚强而乐观的品质深深感染了她，她默默发誓，要做一个像母亲那样的人。但是，12 岁那年，积劳成疾的母亲永远地倒下了，一夜之间，她成了孤儿。痛哭一场安葬母亲之后，她开始了更为艰难的人生，靠捡破烂生活。

但是，残酷的命运依然没有放过她。1968 年 4 月 22 日，她在铁路上捡煤渣，一列火车呼啸着碾过了她弱小的身体。在医院醒来后，她永远地失去了双腿，她想到了死，拒绝进食。就在这时，她梦到了母亲，母亲对她说，要坚强地活下去，不是为自己，而是为了那些更加不幸的孩子。她突然明白了，原来母亲面对困难时的乐观与坚强都是因为她，一种深沉的母性支撑着她，使她有了求生的欲望。

在病床上躺了两年多，她奇迹般活了下来。1973 年，

17 岁的她被送入了湘潭市社会福利院，成为一名供养人员。在福利院，她看到了很多与自己一样不幸的孤儿。看着一张张似曾相识的面孔，泪流满面的她有了一个强烈的信念：我要当这些孤儿的妈妈。

妈妈要照顾孩子，她却连正常的行走都做不到，但她没有退缩，她开始用两个四角板凳支撑着学习"行走"。每天天没亮，她就开始练习，深夜其他人都睡了，她仍不肯休息，摔倒、爬起、再摔倒、再爬起……两年后，她重新学会了"走路"，她立刻向院长提出要帮着照看小孩，院长拗不过她，就让她做了一名没有报酬的编外保育员。

有了这个光荣使命，她开始奔忙于福利院幼儿园的各个房间。她撑着小板凳，为孩子们缝补浆洗、喂食端尿。每当听到小板凳发出的"咯噔咯噔"的声音，孤儿们就会欢呼雀跃，一声声深情呼唤着"板凳妈妈来了"！

她的第一个"孩子"名叫胜利，是从拖拉机轮子底下捡回的弃婴，患有先天性唇腭裂，喂饭喂水稍不留心就会呛坏。有着相似命运的她看到胜利的第一眼就泪流满面，她以常人难以想象的耐心和毅力承担起了照顾小胜利的工作：一小勺一小勺喂乳汁，一通宵一通宵地守护在孩子身旁。在她的细心呵护下，奇迹出现了，胜利的唇腭裂愈合了，长成了漂亮姑娘，并结婚生子，过上了幸福生活。

有一次，一个叫湘秋的孤儿生病了，不断拉肚子并哭闹不止，累倒了好几个保育员。她主动要求照顾湘秋。白天，她抱着湘秋打吊针；晚上，她搂着湘秋过夜。孩子拉肚子，屎拉到她身上，她总是先帮湘秋洗干净，换上干净衣服，才爬起来清理自己身上的脏物。107 天后，湘秋的身体康复了。

福利院的孩子大多身有残疾，很多人看起来都吓人，她却坚持和他们睡一床。孩子生病住院了，她比孩子更痛苦；孩子治愈康复了，她比谁都高兴。

"可怜的孩子们没有妈妈，我就是他们的妈妈。"她这样对自己说。

用 1974 年到 2011 年，37 年里，她的小板凳用坏了 43 个，照顾的孩子多达 138 个。一批孩子走了，又一批孩子来了。许多孩子如今已成家立业，他们在填写履历表时，在"母亲"一栏里，写的都是一个共同的名字：许月华。

"板凳妈妈"许月华个子很矮，但她的爱却比天还高，比天空还辽阔，因为支撑她生命的是一个无比伟大的字眼——母爱。

拥抱生命的保暖袋

2008 年春季的一天，在斯坦福上学的华裔女孩简妮·陈来到印度进行一项社会调查。她意外看到了医院正在处理数以百计的死婴，惊心动魄的场面让简妮·陈难以承受，她询问医生，却得知了一些更加惊人的数据：每年全球大约出生 2000 万早产儿，其中五分之一，也就是 400 万早产儿都活不过 30 天，而这 400 万中绝大部分都是那些贫穷地区的婴儿。

众所周知，早产儿身体极弱，需要在保温箱中保暖，但保温箱的费用非常昂贵，在印度等一些国家，那种价值两万美元的昂贵保暖箱极其少，并且穷人也根本用不起。最终这些国家的早产婴儿成批死去，仅在印度，2015 年便有十多万早产儿悲惨死去。

得知这件事之后，简妮·陈每到晚上都无法入睡，每当闭上眼睛，那些令人心碎的画面就会再次清晰起来，让她几度痛苦崩溃。

回到美国之后，简妮·陈决定要用尽全力改变这一切。她联系计算机系、化学系同学组建了一个团队，并确立了目标，用传统保暖器百分之一的价格，制造最低成本的婴儿保温箱。

　　三个月后，保温箱有了简单的模型，这是一种用保暖材料黏合而成的箱体，需要充电，然后利用电力散热。简妮·陈和团队立刻赶往印度，但很快，她就发现现实情况远比想象中更糟糕。印度的电能非常匮乏，而且他们带来的设计模型在安全性方面也不过关，保温时间时长时短，简直就是一件纸上谈兵的废品。最让简妮·陈无法接受的是，就在他们用于试验的保温箱中，有三个孩子因为无法保暖而失去了生命。

　　回到美国，简妮·陈深深意识到，要做成这件事，仅凭一腔热血是远远不够的，但她没有想过放弃。她对自己说："我每放弃一天，就有接近 10000 个生命失去活着的权利。继续干吧，不管结果如何。"

　　简妮·陈重新召集团队，他们买到了市场上几乎所有的婴儿保暖产品。经过无数次试验，只为找到最适合初生儿的安全材料，他们常常从清晨讨论到深夜。历经三年没日没夜的忙碌，他们梦寐以求的事物终于出现了。一个特殊布料做成的婴儿袋，一片可以重复加热的加热块，一台加热机器，使用过程不插电，可以重复使用，小体积不受时间和地点的限制。

最重要的是，这种保暖袋成本非常低，只有市面上那种昂贵保暖袋价格的百分之一，普通贫穷民众家完全可以用得起。而就是这个简单的保暖袋，就可以保护无数个初生儿度过危险期。当这种新型保温箱通过安全测试之后，他们再次回到印度，并把研究室驻扎在了那里。当第一个宝宝被保暖袋救活，长达数年的试验终于取得了成功。

虽然产品取得了成功，但投入批量生产仍然需要大量资金。简妮·陈开始带着保暖袋，四处游走去筹集资金，出乎她意料的是，几乎所有人在听说了他们发明的这种保暖袋的用途之后，都决定立刻投资。

简妮·陈说："当你为一件事情用尽全力时，全世界都会来帮你。"各方支援纷至沓来，甚至歌星碧昂丝都为这个项目捐赠了十几万美元。很快，这种保暖袋投入了批量生产，简妮·陈为它起了一个温暖的名字"拥抱"，她希望它能拥抱每个脆弱的小生命。

2014年，简妮·陈被美国总统奥巴马邀请去白宫交流。奥巴马对她赞不绝口，而此时，那名为"拥抱"的小小保暖袋，已经拯救了超过150000条小生命。

简妮·陈说："我做到了，因为我坚信每个人都应该有活着的权利，我们必须为此而努力。"

雷切尔的承诺

12 岁的美国女孩雷切尔·惠勒生活在佛罗里达州的一个小镇上，父母是虔诚的基督教徒，也是当地慈善组织的成员。雷切尔从小耳濡目染，有着一颗善良而勇敢的心。

上小学期间，雷切尔就展示出了与众不同的一面。当时，她就读的班里有几个黑人同学，肤色差异和贫富不均使白人孩子与黑人孩子成为对立的两派，常常发生争斗。有一次，一个黑人孩子约迪被白人同学围住殴打，当时老师并不在场，约迪被打得大声讨饶。看到这一幕，年仅七岁的雷切尔挺身而出，挡在了约迪面前。她虽然身材瘦小，却有一股凛然不可侵犯的气质，她对那些参与殴斗的白人孩子说："你们不要打他，他是我们的同学，不是我们的仇人，你们并不比他高贵，他也不比你们低下！"白人孩子们被雷切尔义正词严的话语震住了，停止了殴打。后来，老师知道了这件事，当众表扬了雷切尔，并让她担任了班长。

让雷切尔真正轰动美国的是她 2008 年的一句承诺，当时九岁的她随母亲参加了在海地举办的一个慈善聚会。聚会上，"粮食济贫组织"负责人罗宾·马赫福特描述了海地儿童的苦难：他们吃烂泥饼，睡在纸板屋中，衣不遮体，瘦得皮包骨头。听着罗宾动情的讲述，许多人都流下了泪水，雷切尔的母亲朱莉也泪流满面。就在众人纷纷表示要捐钱捐物时，九岁的雷切尔突然奋力挤出人群，走到了罗宾演讲的前台。

面对着上千名成年人，雷切尔大声许下了她的承诺："我是雷切尔·惠勒，来自佛罗里达州，我承诺帮助这些可怜的儿童，我要给他们盖12座房子，让他们有一个温暖的家。"雷切尔稚嫩的声音清晰地传到了每一个人的耳中，人们在感动之余，却并没有把这个小女孩的承诺当回事，这其中也包括了雷切尔的妈妈朱莉。事实上，朱莉甚至不确定女儿是否能够理解他们正在讨论的问题。

聚会结束回到佛罗里达的家中，朱莉惊奇地发现，雷切尔竟然把聚会上的承诺写在了自己卧室的墙上。第二天，雷切尔就开始为兑现承诺而奋斗。她自制了许多卡片和简易玩具，在学校和街道上出售这些小物品，用以赚取微薄的收入。回到家中，她就把赚来的钱放入一个精致的盒子里，盒子上写着"雷切尔的承诺"。雷切尔的父母被女儿的行为深深感动了，他们向朋友和当地商会求助。听说雷切尔的承诺后，许多人都被感动了。一家商会更是给了她巨大支持，包销了所有自制小物品，并为她申请了商标，还对小物品进行了艺术加工。

有了这么多好心人的帮助，短短三年，雷切尔便筹集到了 25 万美元。她觉得，兑现自己承诺的时间到了。2011年 3 月，她随父母来到海地首都郊区一个叫作莱奥甘的渔镇，这儿有 27 户家庭，都住着简易的木板房。雷切尔把所有资金投入建设，用新型防震水泥为这 27 户家庭建造了新家。2011 年 11 月，27 个家庭都入住了新家，其中包括 32 名儿童。人们为了感谢她，将村子命名为"雷切尔村"。

虽然实现了承诺，但雷切尔并没有停止脚步，她再次承诺，要在一年内重建当地被地震损坏的学校，这大约需要八万美元。雷切尔表示，回到美国后她会立刻开始为此努力。

12 岁的雷切尔因为一句承诺成为感动全美的人物，也为我们每个成年人完美地诠释了慈善与承诺的含义。

我们也懂得什么是美国梦

在全球经济持续低迷的打击下，各国富翁纷纷开始节省开支，他们巨大的资金链需要精打细算，而要求政府减少税负正是节省开支的一项重要内容。但是，近日在美国爱国百万富翁协会的网站上，页面显眼处一个红色长方形框内却写着：给我们增税，我们负担得起。

爱国百万富翁协会是由 200 多名年收入超过 100 万美元的富翁组成，他们异口同声发出这个声音，是希望能够缴纳更多的税金，以此平衡目前美国所面临的不同阶级纳税人缴纳税收不公的问题。

协会负责人瑞秋·沃尔称，这绝不是作秀，这仅仅是因为，我们也懂得什么是美国梦。

沃尔的话源自美国前总统夫人米歇尔·奥巴马的一场著名演讲，在演讲中，米歇尔告诉世界什么才是美国梦，以及如何去实现美国梦。她说，如果我们真的想要为自己的后代留下一个更好的世界，如果我们想要给予我们所有的孩子实现梦想的基础和与他们的潜力相称的机遇，如果我们想要让他们感觉到无限的可能性，相信在这里，在美国，只要你愿意为之努力，就一定会比现在更好。那么，我们就必须比从前更加努力地工作，我们必须再次团结起来。

风险资本家塔尔·兹罗特尼茨奇是爱国百万富翁协会的成员之一。他说："我 12 岁同父母移民到美国，当时我连一个英文单词都不懂。我能有今天都是我英文老师尼兹女士的功劳。如果有人问我银行里增加了两万美元收入，而同时在费城的一个教室里另一个像尼兹女士一样的老师需要帮助，那还有什么问题，我会给她，因为我觉得，这样我的钱会更有价值。所以，我认为，国会完全可以不假思索地增加富豪们的税收。"

协会发言人丹尼尔·博格认为自己也有实现"美国梦"的行动。他坦言，自己以前雇用会计就是为了能缴纳更低的税款，但现在美国经济持续低迷的状况却让他必须正视自己之前的所作所为，并做出改变。他说："现在，美国经济跟赌城拉斯维加斯很像。普通美国人把钱放在桌子上赌，而富人阶层则是赌场主人。如果赌场主人丢了钱，赌客就拿不到钱，还要为他们承担风险，再赌还这样。所以，我们必须改变，否则，这会演变成一场噩梦。"

爱国百万富翁协会是一个不分政党的松散组织，他们聚集在一起，完全是因为协会名称的前两个字：爱国。在这个前提下，财富便被赋予了更多的意义，会员们愿意通过多缴税的方法帮助政府渡过财政赤字难关。他们的理念是："我们关心我们的国家跟关心我们口袋里的钱是一样的。"

在网站上，爱国百万富翁协会还给当时的美国总统奥巴马写了一封公开信。信中写道："我们以年收入超过100万美元的诚实市民的身份给您写信，希望总统先生能够将国家利益放到政治之前，为了国家财政的健康发展和美国民众的利益，增加对年收入超过 100 万美元的人的税收。正是国家塑造了我们的成功。现在我们想要做的是为国家经济尽自己的绵薄之力，让这个体系更强劲，这样更多的人才有机会通过它变得和我们一样成功。"

在这些富翁看来，社会责任感与国家利益要远远大于个人利益，而作为国家的精英阶层，在面临困难时，挺身而出正是他们彰显个人价值的最佳选择。事实上，他们认为，这也是"美国梦"能否实现的关键所在。

百万富翁协会的提议得到了富人们的普遍支持，"股神"巴菲特尽管不是美国爱国百万富翁协会成员，但他一直主动要求对富人增税。

富翁的行为很快引起了广泛关注，越来越多的美国人开始思考如何为国家渡过难关贡献自己的力量，他们纷纷献言献策。美国经济学家罗格·巴汀格认为，政府应开放更多的资源渠道给私人投资者去创造更多社会财富，纽约州市民安东尼则认为，政府削减日常开支是一件迫在眉睫的事情。

米歇尔在演讲中说，最重要的是，这就是这个国家的历史故事——植根于毫不退缩的斗争中的毫不动摇的梦想。有了这个注解，这些富翁的行为也便不难解释了，因为有了这个光荣的梦想，每一次的挫折与困境，其实都是创造历史的新契机。正是在这个梦想的激励下，所有人才能抛开个人利益，共同面对所有的挑战，而这，也是一个国家的梦想得以存在并世代延续的根源所在。

请流浪汉当气象先生

在世界各地的电视节目里，天气预报都是观众关注的栏目之一，为了提高收视率，让观众看着舒服听得仔细，电视台总是找一些美女或是帅哥充当气象预报员。但是最近，罗马尼亚一家电视台却请来了一位特殊的气象预报员，他竟然是一位露宿街头无家可归的流浪汉。

这名流浪汉名叫阿布拉姆，今年42岁，过去十年间一直在布加勒斯特的街头流浪，过着风餐露宿食不果腹的日子。2012年冬天的一个晚上，阿布拉姆正在一个街角冻得瑟瑟发抖，一个人突然来到他的身旁，轻轻地为他盖上了一条毯子。阿布拉姆向这位好心人投去了感激的目光。那人自我介绍说自己名叫帕吉特，是萨奇柏林广告公司的创意总监，他说自己公司正在制作一档名为"希望之日"的节目，希望阿布拉姆能够加盟。

听说有工作可干，阿布拉姆喜出望外，他立刻爬起来，和帕吉特交谈起来。阿布拉姆得知，《希望之日》以前是一档以天气预报为主要内容的广播节目，这档节目以热心公益著称，常常在节目中增加一些帮助弱者的元素，希望借助节目唤醒人们对于弱者的同情心。帕吉特有意将其改为电视节目，他希望能找到合适的人来充当气象预报员，以达到宣传公益的目的。经过反复调查，公司上下一致认为，流浪汉是最适合的人选，他们应当对于天气变化有着非常深刻的印象。

听到这里，阿布拉姆沉默了。由于他常年露宿街头，所以对温度变化有着最直观的感受，特别是在冬季来临时，由于罗马尼亚地处东欧，冬季经常会有零下二十度的低温出现，常常会发生流浪汉被冻身亡的悲剧，而他本人也有差点被冻僵的经历。

帕吉特对他说："我们这个节目想借助天气预报这种形式，向人们介绍流浪汉的生存困境，我们希望得到更多人的关注，并引发大家对这个问题的讨论。最重要的是，我们希望此举能够增加人们对流浪汉的捐助。"

听了帕吉特的话，阿布拉姆被深深感动了，他当即表示会无偿帮助萨奇柏林广告公司完成这档节目。

2013年1月，当蓬头垢面的流浪汉阿布拉姆出现在电视屏幕上，绘声绘色地为大家预报明天的天气时，所有观众都在第一时间被震住了，但随即，他们都被这位流浪汉动情的讲述吸引住了。

节目中，阿布拉姆根据天气变化结合自己的亲身经历现身说法，提醒人们应当注意些什么。他告诉观众，自己露宿街头时，最害怕的就是恶劣的天气，但自己没有电视机，无法收看天气预报，只能在恶劣天气来临时硬扛着。记不清有多少次，自己被突降的暴雨淋得全身湿透，被骤起的寒风冻得瑟瑟发抖，自己无暇欣赏漫天的飘雪和雨后的彩虹，因为生存对一个流浪汉来说才是最重要的。电视机前的观众可能不会了解，在罗马尼亚的街头有许多这样的流浪汉，他们需要人们的帮助。

《希望之日》播出后，立刻引起了巨大的轰动，并产生了立竿见影的效果。在街上，人们停下忙碌的脚步，把目光对准了那些无依无靠的流浪汉，并给予了他们更多的帮助。在下雨天，有人会给流浪汉送去雨伞；下雪天，有人会给他们送去煤炉和煤球，还有人会给他们提供棉被棉衣甚至一些临时居所。

目前，除了罗马尼亚，俄罗斯也已经参与到了这个节目中，而德国、瑞士、波兰等一些欧洲国家也正在寻求加入。

帕吉特在接受媒体采访时说："很高兴人们喜欢这档节

目，但我要说的是，我希望人们不仅仅是关注节目，更要拿出实际行动，帮助那些需要帮助的人。我可以负责任地告诉大家，我们的天气预报非常科学准确，但遗憾的是总有一些极端天气出现，让我们出行困难，心情黯淡，我想，我们不能改变恶劣的天气，但我们能改变坏心情。因为，只要我们伸出援手帮助那些弱者，我们就一定可以始终拥有阳光明媚的好心情。"

百岁老太的老板生涯

一位年逾百岁的老太太该怎样生活？是躺在摇椅上安度余年，还是眯着眼睛看着重孙子重孙女绕膝玩耍？英国老太菲丽丝·塞尔夫给出了一个令我们瞠目结舌的答案：当老板。

不仅如此，菲丽丝还表示，目前她还没有任何退休的打算，事实上，她一直认为"保持忙碌"正是让她健康长寿的第一秘诀。

菲丽丝于1908年11月出生于英国兰开夏郡伯肯黑德市，作为家中唯一的孩子，菲丽丝最初的兴趣是音乐艺术。她于1928年以优异的成绩从伦敦音乐学院毕业，但她很快发现，音乐并不能养活她，生性独立的菲丽丝便在罗奇戴尔市的一家羊毛厂找了一份工作，专门负责剪羊毛。第一份工作带给菲丽丝的财富是无法用物质衡量的，在繁忙的工作中菲丽丝第一次体会到了劳动的辛苦与乐趣。她并没有因为这份工作的枯燥而产生怠工情绪，反而以极大的热情夜以继日地辛勤劳作着，很快，她成为这家厂子最熟练的剪羊毛工人，多次受到老板嘉奖。1932 年，羊毛厂因经营原因搬到了威尔特郡，菲丽丝成为为数不多的被老板点名留下的优秀员工。

在威尔特郡，菲丽丝在一次打猎派对上认识了自己的丈夫罗兰，两人一见钟情，很快成婚，并在婚后有了两个儿子约翰和克里斯。

1969 年，大儿子约翰在一块废弃的田地上开办了一家园艺中心，专门向人们销售各种鲜花盆景，这也是菲丽丝家族生意的起点。由于一家人同心协力，园艺中心的生意一直不错。但 1972 年，约翰结识了一名法国女子并选择移民国外，随后不久，菲丽丝的丈夫罗兰也离开了人世，而小儿子克里斯并不具备独当一面的能力。无奈之下，在 1974 年，66 岁的菲丽丝亲自上阵，接管了园艺公司的家族生意，并且一直工作到今天。

菲丽丝回忆说："自从我的丈夫去世，约翰又离开英国后，我就接管了园艺公司的管理工作，但我从来没想到自己会工作这么久。"

在长达 36 年的老板生涯中，菲丽丝始终风雨无阻，坚定地执行着自己制订的工作计划。她每天上午九点驾驶着她的红色旧汽车来到园艺公司上班，每天下午五点半处理完所有事务后最后一个离开公司。此外，她还身兼数职，不仅是公司老板，还是公司秘书，她还坚持事必躬亲，亲自处理所有的来往邮件，亲自发放员工薪水。

菲丽丝的辛劳换回了丰硕的回报，园林公司的生意迅速扩大。1982 年，她又在布里斯托尔市开了第二家园艺公司分部。时至今日，菲丽丝拥有的两家"花园中心"已成为英国西南地区规模最大的园艺公司，菲丽丝也成为坐拥千万资产的超级富豪。

菲丽丝的公司是典型的家族事业，她 71 岁的小儿子克里斯目前是花园中心的常务董事，两个孙子彼得和马克也是她手下的员工。菲丽丝如今管理着近 200 名公司员工，她对记者说："我认识所有的公司员工，自从我们 30 多年前开了这家园艺公司以来，我只休过几天假。"

菲丽丝这样说绝非夸张，在 2007 年 11 月 8 日，菲丽丝度过了自己的 100 岁生日，但即使在那一天，她也没有为自己放假。

菲丽丝说："我从来没有想过停止工作、退休或有类似的打算，我爱和人们打交道，当人们问我如何活到百岁高龄时，我就说我的秘密就是永远让自己保持忙碌，和各种人见面、处理不同的事情，这正是我喜欢做的事，我每天都要工作到很晚才回家，很多时候我都是最后一个离开园艺公司的人，但我并不感觉疲惫。相反，工作让我感到年轻。"

菲丽丝现在正在忙着筹备"白厅花园中心"园艺公司创办 40 周年的庆祝事宜。菲丽丝说，她现在的工作节奏已经放慢了，至少周末在园艺公司待的时间要比以前少多了，对此，菲丽丝的无奈情绪溢于言表。

2012 年，菲丽丝已经年满 104 岁，但她每周仍要工作六天，每天仍要工作六小时，经常一直干到打烊为止。

作为全英国年纪最大的老板，菲丽丝正将奇迹一天天延长，她精神百倍的状态激励了无数的年轻人。她用自己的经历向人们说明了一个真理，那就是，性别不是问题，年龄不是问题，生活中最大的问题，其实就在于你的选择，就在于你做出选择之后是否能够坚定自己的选择。

李连杰的慈善之心

2007 年 4 月 19 日，当李连杰宣布要成立壹基金时，很多人都觉得其中作秀的成分更多一些，人们觉得他不过是又一个呼吁慈善的明星，只不过忽悠得更大一些而已。

时间过去一年，2008 年 4 月 19 日，壹基金在中华世纪坛举办了成立一周年的发布会。这一次，李连杰请了几十位学者和一些非政府组织领导人出席，他宣布壹基金的慈善宗旨从救助自闭症儿童转为救助大型自然灾害及协助培育中国慈善环境。会议之后，李连杰开始建立自己的专业慈善团队。这一次，人们发现，与其他明星的慈善行为相比，李连杰似乎真的有些与众不同。

2008 年 5 月 12 日，汶川地震发生了，一周之后，李连杰带领工作人员赶到了灾区。这已不是他第一次直面灾难现场，早在 1976 年唐山大地震时，13 岁的李连杰就曾经作为志愿者前往灾区慰问。从 1993 年华南水灾到蒙古雪灾，从 1989 年台湾地震到他亲身经历的印尼海啸，李连杰对灾害可谓是刻骨铭心。

除了感到锥心的疼痛，他仍然要面对那个无奈的问题。

他发现，几乎所有的自然灾害发生后都有一个重复的过程：灾难发生，媒体报道，社会感动，踊跃捐款，但过了两三个月之后，人们就恢复了常态生活，灾难被迅速遗忘，然而灾区百姓却要用后半生时间来重建自己的家园。他不想让悲剧再次上演，过去他苦于独木难支，但现在，他有了壹基金。

他来到四川羌族山区。地震之后，男人们出门打工养家，8000 名羌族妇女在山顶靠每月 350 元灾后生活补助艰难度日。面对满目疮痍，他开始苦思应对之计，经过几天几夜的思索，他终于想出了办法。

他从壹基金中拿出 400 万，在羌族山区启动了一个带有企业色彩的公益项目。由壹基金出面，召集一些工艺美术学院的老师做志愿者，他们设计图形，购置针线，教羌族妇女绣花并制作简单独特的生活用品，接下来再由壹基金出钱，把制成的绣品从农民手中买下来，并且负责在其他地区销售这些产品。这个项目在第一年解决了 8000 名当地妇女的就业问题；第二年获得了 1000 万人民币的盈利；2010 年海地地震的时候，这 8000 名妇女每人捐赠了 10 元人民币。

授人以鱼不如授人以渔。李连杰说："我们要解决社会的自闭症。一个自闭症的企业不断地创造财富以后就复制，就做成可持续发展的企业，但是股东不分红，这样的一个模式就可以带动公益事业自己的造血功能，可以持续做。"

2010 年 10 月 8 日晚上，李连杰在北师大敬文讲堂发表了一次演讲，这次演讲彻底暴露了他的雄心。这天晚上，他第一次承认说，从壹基金成立的第一天起，他心里就有一个早已酝酿完成的 10 年规划。

从壹基金以一个社会企业型的慈善机构的身份主动进入市场劝募，到如今经过三年发育，它要独立发展已经是迫在眉睫的事情，李连杰不能再等了，他要突破瓶颈，让自己的梦想迅速前进。

面对公众对这项宏大计划的质疑，李连杰做了一个形象的比喻表达自己的态度："我觉得黄灯的状况就是，它既不能说是非法的，也不能说是合法的。黄灯不代表两边的任何一边，可以选择前进或等待。我可以等待清晰了再走，但是，我是喜欢在黄灯中已经走了就不踩刹车的人。"

李连杰就是这样一个充满冒险精神的谦谦君子，就像他塑造的角色一样，勇往直前永不言败。而在背后推动他的，正是一颗真诚忘我的慈善之心。

横穿美国的慈善之心

29 岁的斯科特和 26 岁的里斯来自英国南部的一个小镇，他们出生于一个农场主家庭。如果没有看到那部电影，也许，两兄弟会一直默默无闻地生活在那个英国小镇，成为两个热情纯朴的农场主。

改变他们人生的电影叫作《阿甘正传》。片中阿甘横穿整个美国的情景令兄弟俩非常神往，沉默寡言又十分热爱长跑运动的两兄弟不知不觉就把自己当成了阿甘。在跟随虔诚的父母参加过数次慈善活动之后，两兄弟有了一个新奇的想法：用一次横穿美国的长跑唤醒人们的慈善之心，也向自己的偶像阿甘致敬。

电影中的阿甘无法表达他的内心，只好用不停的奔跑来唤醒人们心中深藏的纯真，而在现实生活中，这对平凡的兄弟也渴望用自己不停的奔跑来实现心中的慈善梦想。

从这个想法诞生的那天起，兄弟俩便开始了精心准备，除了每天坚持长跑锻炼身体，他们还反复研究长跑路线以确定所需时间。他们想在感恩节后的第二天结束长跑，因为美国感恩节有假期，两兄弟希望在假期有更多人加入他们的长跑。他们开始时打算每天跑一个完整的马拉松距离，即大约 42 公里，但经过计算他们意识到，以这种速度根本无法按时完成长跑，于是便增加了每天的跑行距离。

2010 年 9 月 15 日，兄弟俩从美国马萨诸塞州波士顿迈开了他们的梦想脚步。按照计划，他们每天要跑 56 公里，每跑八九公里就休息片刻补充水分。起初的一段时间，兄弟俩信心满满，但在这场无法预习的奔跑中，他们还是遇到了一些难以想象的困难。

10 月 17 日黄昏，斯科特迎来了自己的疲劳极限，他在奔跑中突然双眼一黑倒在了路上，在弟弟里斯的紧急救助下才得以苏醒。同行的朋友劝他放弃这次长跑，但斯科特毫不犹豫地回绝了，他说："理想之路上难免会有这样那样的问题出现，但也正因为这样，它才能成为我一生中最辉煌的成就。"那一次，为了不耽误行程，斯科特只休息了一个小时，在补充了一些水之后就立刻又踏上了征途。

10 月 29 日中午，里斯不小心踩到了一颗小石子，左脚崴了，兄弟俩不得不停了下来。那一次，为了处理伤情整整耽误了四个小时。这时又有朋友来劝他们放慢步伐，里斯也毫不犹豫地拒绝了朋友的好意，他只对哥哥说了一句话："白天没跑的距离，咱们今天晚上一定要补回来。"

兄弟俩遇到的困难远不止于此，他们遇到过大暴雨、大雾，甚至还遇到过一次小型的龙卷风，但这一切都无法阻止他们奔向前方的步伐。其实，在路上也不仅只有困难与挫折，同样不乏温情时刻。斯科特在俄亥俄州度过30岁生日，那一天，兄弟二人跑了60公里，并在入夜后共进了一次烛光晚餐。

11月25日，在感恩节那一天，兄弟俩的长跑接近了尾声。沿途的人们都被两兄弟的执着感动了，很多人自发加入了两人的行列。电影中的一幕在现实中得以重现，很多人都表示，他们会不遗余力地支持兄弟俩的慈善之举，贡献出自己的一分力量。

11月26日下午，兄弟俩终于抵达了目的地得克萨斯州奥斯汀，结束了这场漫长而充满激情的长途跋涉。这次长跑行程大约3200公里，横跨了美国的13个州。

斯科特瘦了整整10公斤，他说："路上很难好好吃上一顿。特别是在肯塔基州等地方，我们一整天能见到的可能只有一座加油站，真是筋疲力尽……不过，很有成就感！"

他们共筹集了大约25万英镑善款。斯科特说，想想那些他们一直打算帮助的人，两人就立马有了动力并继续跑下去。

从斯科特的话语里，我们终于找到了他们奔跑的动力，原来，是两颗充满悲悯与慈善的心支撑着他们完成了这次不可思议的创举。

从股市大佬到部落酋长

2011 年 7 月，陈克恩在萨摩亚被授予高级酋长的称号，他也是第一个成为萨摩亚部落酋长的华人。在现场，陈克恩身穿传统的酋长服饰，按照萨摩亚的习俗，参加了豪华盛大的称号授予仪式，接受了"卡瓦杖"。从这一天起，他正式成为这个拥有二千五百人左右的部落的酋长。

仪式上的陈克恩面带微笑平易近人，但谁能想到，就是这个儒雅的中年男人，曾经是叱咤中国股市的超级大佬，而他在商海中的起伏也颇具传奇色彩。

陈克恩 1995 年创办了"福建神龙企业集团"，专做食品销售。在他的不懈努力下，神龙集团有了飞速发展，并于 1999 年成功上市。手头有了更多资金本是一件好事，但资本的快速积累却让陈克恩产生了错觉，在快速挣钱的诱惑下，他开始了令他毁誉参半的资本运作。在成功进行了几次收购后，陈克恩建立了庞大的"神龙系"，手中有了数十亿资金。但在这时，陈克恩却不是利用资金发展公司，而是选择用作庄的方式控制上市股票，然后进行疯狂融资。而急功近利也终于让他吃到了苦头。2004 年，由于违规操作，证监会对陈克恩进行了勒令其三年内不得担任上市公司和从事证券业务机构的高级管理人员职务的处罚。

退出资本市场的陈克恩曾有过短暂的失落，他选择了移民新西兰，远离喧嚣独自生活了一段时间。渐渐地，浮躁的心平静了下来，他对自己进行了深刻的反思。他发现，自己过于急功近利了，而做企业就应当脚踏实地。

在新西兰，陈克恩没有涉足商界，而是一直从事公益事业，并牵头成立了新西兰华人华商圆桌议会，为旅居新西兰的华人华商在新西兰的商务活动和经营工作服务。他成为华商与新西兰当地政商两界协作和沟通的桥梁，也使华人华商在新西兰的社会地位得以提高。

2007 年，在平静地生活了一段时间后，陈克恩决定重回食品行业，这一次，他把目光投向了乳制品。在新西兰期间，他对当地的乳制品行业和市场进行了深入了解，新西兰丰富的草场资源和优良的环境使乳制品的质量非常好。陈克恩正是看到了这一点，他创立了"澳牛"乳制品品牌，决定把新西兰乳制品引入中国。

此时，证监会对陈克恩的处罚已经解除，他又能够回到资本市场上了。这一次，他没有贸然而行，而是加盟了香港上市公司中国金汇矿业。

陈克恩将金汇矿业改名为天然乳品，开始进军乳业。

2009 年 12 月 11 日，天然乳品宣布以 2600 万港元收购饮料罐装生产线，并以 3000 万港元的初步特许权费获得"绿得"的中国生产制品独家商标的使用权利。

在经过一系列资本运作之后，价值达 80 亿港元的新西兰奶业资产成为天然乳品的最后一块"拼图"，在内地市场形成了自身独特的竞争力，市场前景看好。

至此，陈克恩这位曾经在 A 股市场上叱咤风云后黯然陨落的资本高手又重新回到了资本市场。但已做了多年公益事业的陈克恩却再也不是那个为了钱而狂热不已的资本大鳄了，他更在乎的还是部落酋长的身份。

陈克恩说："酋长这个称号给了我权力，更给了我责任，这个责任就是让中国和新西兰两国更紧密地团结在一起，让两国人民喝上营养价值更高的乳制品。至于钱，只是实现职责的附加品而已。"

世界最牛 CEO

如果评选世界上最牛的 CEO，每个人都会有自己的答案，一个个如雷贯耳的名字会立刻浮上心头，比尔·盖茨、史蒂夫·乔布斯、鲁伯特·默多克等等，然而，他们也许确实是世界上知名的 CEO，但却不是最牛的。事实上，商界内部公认的世界最牛 CEO 已经浮出了水面，他的名字叫作贾斯廷·孟克斯，现任美国高管智能集团 CEO。

贾斯廷·孟克斯拥有克莱蒙大学组织行为学博士学位，是国际管理学大师彼得·德鲁克的学生，他之所以能成为最牛 CEO，是因为他特殊的工作：挖掘 CEO。他的这种挖掘不是一般意义上的推荐与培训，他经过长期研究，设计出了一个被称为"高管智能"的表现评估模型，有一整套措施用以评估并协助 CEO，帮助他们改正缺点，发挥出最大的能量。

在孟克斯创立并任 CEO 的高管智能集团里，他拥有至高无上的威望，但与此对应的却是，他的权力欲极低，对于那些不同意见，他总是十分乐于接受。孟克斯明白，自己所做的事业是一项极其复杂的高难度工作，必须时时注重改正错误与提升能力，因为自己所面对的，都是世界上顶级聪明的人，要打动他们自信甚至有些自负的心，就必须像大海一样深不可测并且力量强大。

正是在这种理念下，孟克斯为许多公司选出了合格的 CEO，其中最典型的例子就是雪佛龙石油公司 CEO 约翰·沃森。2009 年 2 月，时任雪佛龙 CEO 大卫·奥莱利找到孟克斯，请他在几名候选人中找到合适的接班人。孟克斯经过慎重研究，将颇具争议的约翰·沃森放在了第一位。与技术出身的奥莱利不同，沃森擅长的领域是财务，并且是一名环保主义者，这在因石油开采经常被环保主义者诟病的雪佛龙公司中自然极具争议。但孟克斯认为，雪佛龙经过长期稳定发展，技术人才已经储备丰富，而让懂财务并且支持环保的沃森担任领头人，会让公司实现更快速更健康的发展。事实也果然如孟克斯所言，在沃森的带领下，雪佛龙不仅在业务上取得了快速发展，更在环保方面取得了长足进步，改变了一直以来受到环保主义者厌恶的现象。

其实，在孟克斯看来，帮助那些 CEO 完善自身才是自己最重要的工作。他说："我展开研究工作时，手头的数据库拥有 243 名 CEO 候选人的资料，我利用'高管智能'评估系统把他们分成四等份，然后，我发现了令他们之间出现分别的三种特质：保持合理的乐观、引导部属服从目标、能够从混乱中理出条理。事实上，这也是我一直致力于帮助他们提升的三种特质。"

孟克斯也一直在按照他所说的去做。2010 年 8 月，黑石集团 CEO 斯蒂芬·施瓦茨曼对美国政府征收高额税金忍无可忍，愤然将奥巴马与希特勒相提并论，称政府的税收政策如同希特勒入侵波兰。此举引起了轩然大波。作为黑石集团的合作伙伴，孟克斯立刻找到施瓦茨曼，运用"高管智能"评估系统，让施瓦茨曼意识到了自己的错误。施瓦茨曼向政府道了歉，并选择与政府共渡难关。事后，黑石集团成为为数不多的受到美国政府照顾的私募基金，经营业绩更是在世界经济滑坡时蒸蒸日上，这其中，孟克斯所起的作用是举足轻重的。

因为务实高效的工作作风，孟克斯现在已经成为全球商界举足轻重的人物，他的公司为黑石集团、雪佛龙、道富等大公司提供过优质服务，他自己也被誉为最伟大最牛的 CEO。

虽然取得了极大的成功，但孟克斯却一直保持着冷静，他说："我觉得，最满足最快乐的人是那些相信自己的工作会为世界带来影响的人，而我就是这样定义自己的工作的。对于自己能够帮助数以千计的人发挥潜能，获得成长并过上更好的生活，我感到非常欣慰。"

76 年好邻居的相处秘诀

1935 年 4 月 2 日，12 岁的维奥莱特和 10 岁的凯瑟琳随父母搬到了英国北威尔士莫尔德市两栋毗邻的廉租住宅，成了邻居。她们没有想到的是，从此后，两人共同度过了

76 年的漫长岁月。

当时，两家的经济条件都不是很好，没有电视机和收音机，玩具也少得可怜，但对于两个小女孩来说，那段日子却成为最美好的记忆。

在认识之后，两人迅速成为好朋友，接下来，两人在同一所学校上学，在同一间教室成为同桌。每天早上，两人会牵着手一起蹦蹦跳跳地走向学校；在学校里，两人一起学习；回到家，两人一起写作业。如果遇到了什么麻烦，就敲敲两家之间那堵墙，然后不超过五分钟，另外一人就会出现在面前。

成长的脚步声中，两人又进入同一所高中，考入同一所大学，毕业后进入同一家公司，在同一个办公室工作。虽然已经成年，但两人依然形影不离，一同购物、娱乐、劳作并参加对方的家庭聚会。为了能在一起，两人都选择在各自家中最后一个出嫁，因为这样，她们就能得到在老宅生活的权利。

随着生活的不断改善，她们也对老宅进行了扩大改造。两人在院落里种植了花草，并在花园里辟出一条通往彼此家中的小路。这样，每一天，两人都可以在花丛环绕中走到对方家中，见面、聊天，就像少年时一样。

或许是受到了两人的感染，两人的丈夫也成为"好哥们儿"，两人的孩子们也延续了上一辈的友谊。两家人经常在一起聚会，就像一家人一样。

进入 21 世纪，两人的丈夫先后去世，孩子们先后离开了家，但孀居的维奥莱特和凯瑟琳并没有感到孤独，两人常结伴去当地俱乐部，或是到海滨城市布莱克浦度假。

维奥莱特说："对我们而言，对方的存在是种安慰，我们知道，许多人会孤独终老，但我们不会出现这种情况。"

进入 2011 年，经过当地媒体的报道，两位耄耋老人共同经历的 76 载岁月如传奇一般展现在世人的面前。

第二次世界大战期间，维奥莱特为了保护凯瑟琳，勇敢地引走了破门而入的德国士兵；世界大战结束后，凯瑟琳第一时间跑到维奥莱特家中，两人相拥着泪流满面；20 世纪 60 年代，两人都是"甲壳虫"乐队的忠实粉丝，经常相伴观看乐队演出或是亲自演唱经典歌曲；两人还目睹过多次民众为庆祝王室婚礼举行的街头狂欢，每一次王室婚礼都给两人带来非同一般的甜蜜回忆。

岁月变迁，大浪淘沙，无数人事变幻，但两姐妹仍然陪伴在彼此身旁。作为一对"好邻居"，两人之间不仅是现实距离上的接近，更是灵魂上的高度契合。

维奥莱特笑着说："我帮她哺乳过她的孩子，没有办法，谁让那也是我的孩子呢？"

凯瑟琳说："你们也许不会相信，但事实是，她最爱吃的菜是我做的，而我为她做了60年。"

两人说着说着便会对视一笑。虽然岁月将两人从青春少女变作了耄耋老人，但两人的友谊却像醇酒一般历久弥香，那份灵魂深处的默契让她们的相处快乐无比。从两人的话语中，我们也找到了两位好邻居76年和谐相处的秘诀，那就是互相帮助，从不抱怨。

维奥莱特和凯瑟琳异口同声地说："这些年来我们从未抱怨过对方。说实话，我们从未想过会做多久的邻居，但时间就这么过去了，和她度过的时光总是那么愉快。"

"热舞交警"的成功秘诀

现年55岁的拉米罗·伊诺贾斯是菲律宾首都马尼拉的一名普通交警，但他在当地的知名度却堪比一线演艺明星，市民们亲切地称他为"热舞交警""马路舞神"。他拥有为数众多的粉丝团，这不仅是因为他管辖地区的交通事故率极低，还因为他那独一无二的工作方式。

每周七天，无论阴天下雨还是艳阳高照，伊诺贾斯总会按时站在他负责的马卡帕加尔大街的十字路口，在一片嘈杂的喇叭声中，他边跳舞边面带微笑指挥交通。为了引起司机注意，他还经常更换各色服装，有时穿得像猫王，有时则模仿迈克尔·杰克逊。最近他还换上了圣诞老人的红衣红裤，戴上酷酷的墨镜，贴上白胡子，以"圣诞版"舞蹈指挥交通。

伊诺贾斯萌生出这种指挥交通的想法源于三年前的一次交通事故。那天正好是他值班，在正午时分，他正尽职尽责地指挥着交通。突然，一辆客车疾驰而来，就在他面前撞死了一个可爱的小女孩。后来，调查得知是因为司机中午时犯困注意力不集中才导致了事故。面对这悲惨的一幕，伊诺贾斯陷入了沉思中，他想，当时自己的指挥没有错误，但显然没有引起司机的注意。传统的指挥方式呆板无趣，许多司机根本视而不见，而且交警总是板着脸，这使司机与交警的关系一般很差。如果能换一种更亲和更引人注意的方式指挥交通，可能会取得更好的效果。

恰好这时，伊诺贾斯的小儿子迷上了街舞，并邀请他观看了演出。节奏感十足的街舞表演让伊诺贾斯眼前一亮，他想，如果用舞蹈的方式指挥交通，会不会让司机眼前一亮呢？如果跳舞时自己始终面带微笑，是不是会让司机感到亲切可信呢？

伊诺贾斯想干就干，立刻开始学习舞蹈，并于 2010 年

1月正式开始了"热舞交警"的指挥生涯。路人和司机对这种指挥方式大表欢迎，但同时，他的行为也引起了广泛争议，有政府人员指责他不穿制服，违反交通警察法则，并进行了投诉。为此，伊诺贾斯受到了处分，不得不停止跳舞，改为传统的指挥方式。

但令人始料未及的是，这时，伊诺贾斯的粉丝们不愿意了，数以千计的司机和市民跑到市政府进行请愿，并罗列了伊诺贾斯近半年来通过热舞指挥交通的工作成绩。面对超低的交通事故率，市政府最终妥协了，伊诺贾斯得以继续他的马路热舞。

得到公众认可，伊诺贾斯的热情更高了，他说："我的目标是研究一种非同寻常的交通指挥方式，最终我选择了舞蹈，我把它们融入日常交通指挥中，效果非常好。人们心情变得放松，而且注意力高度集中，避免了交通事故的发生，而且，我始终面带微笑，这极大缓解了司机和交警的紧张关系，现在我们都是好朋友。"

事实也正如他所说，路过的司机们都非常喜欢这个微笑着跳舞的老交警，并以按喇叭的方式向他表示感谢，有的人还会到附近的商店给他买来水和食物，或是干脆留下现金。公交车司机涅托是伊诺贾斯的铁杆"粉丝"，他每天要开车经过这个路口十多次，他说："每当看到伊诺贾斯，我都会眼前一亮，疲惫一下子消失了，他真是太帅了！"

其实，伊诺贾斯的成功秘诀很简单，他从未将自己的个人利益放在首位，一切都是从如何做好工作、如何服务好市民入手，而他选择的跳舞这种方式正好成功吸引了人们的眼球，使他指挥起交通来事半功倍。这样一来，他的成功自然也就水到渠成了。

埃蒙斯的最后一枪

2012 年 8 月 6 日，伦敦奥运会男子 50 米步枪三姿比赛赛场上，美国选手马修·埃蒙斯射出了最后一枪，7.6 环。这一超低环数让他的银牌瞬间变成了铜牌，但是，埃蒙斯的脸上只是微微出现了一抹失望，随即便微笑了起来。有了前两届奥运会最后一枪痛失金牌的失望，埃蒙斯对这一枪的态度已经变得十分淡然。

三届奥运会的最后一枪，埃蒙斯从脱靶、4.4 环到 7.6 环，一次次陷入魔咒。但是，在人们为他扼腕叹息的时候，却并不了解，在这三枪的背后，埃蒙斯虽然失去了金牌与名次，却赢得了更为宝贵的东西，那就是爱情、理想与全世界的尊重。

2004 年雅典奥运会男子步枪三姿决赛，前九枪领先对手 3 环之多的埃蒙斯最后一枪鬼使神差地把子弹打到了别人的靶子上，把近在咫尺的金牌拱手让给了贾占波。年轻气盛的埃蒙斯懊恼万分，但他却并不知道，在不远处的看台上，一双美丽的眼睛正在注视着他的一举一动。正在为一家电视台做现场解说的捷克射击美女卡特琳娜目睹了埃蒙斯的"悲惨"遭遇后充满同情，她来到这个当时对她来说高高在上的神枪手面前，安慰了他。

多年以后，埃蒙斯回忆起当时的一幕仍然满怀喜悦，他说："当时我坐在椅子上，突然感觉有人拍我肩膀，回头看到她的时候，我觉得自己的呼吸都要停止了，这太梦幻了。你知道吗？早知道卡特琳娜要来安慰我，我第一枪就脱靶。"有了这一次美丽邂逅，埃蒙斯失利的沮丧一扫而空，因为他找到了更为珍贵的事物，爱情。接下来，两人迅速确立了这段跨国的传奇恋情，三年后，在卡特琳娜的故乡，他们走进了婚姻殿堂。

2008 年北京奥运会，卡特琳娜和埃蒙斯携手来到了中国。但是，爱情并没带给埃蒙斯好运，在男子 50 米步枪 3×40 决赛中，埃蒙斯在倒数第二轮领先将近 4 环的情况下，最后一轮仅打出了 4.4 环，把金牌拱手让给了中国选手邱健。赛后，埃蒙斯在妻子怀中痛哭的场景感动了所有观众，人们纷纷为他送上了祝福。

在妻子的鼓励下，埃蒙斯很快走出了阴影，他宣布将继续挚爱的射击事业，为 2012 年伦敦奥运会做准备。这时，埃蒙斯的孩子出世了，这也给了他更大的决心。他说："有了卡特琳娜和可爱的孩子，我感到我是如此幸运，这是生命中最重要的事情，我知道无论比赛是输是赢，她们一直都会在我身边。"

但这时，更残酷的命运考验降临了。2010 年 9 月，正在加紧备战伦敦奥运选拔赛的埃蒙斯被诊断患上了甲状腺癌。这晴天霹雳却并没有打倒他，在经历过两次最后一枪的大起大落后，埃蒙斯已经变得坚强无比了。随后，他在妻子的陪伴下去纽约做了手术，切除了甲状腺，并进行了长达半年的休养、恢复。在完全恢复健康后，埃蒙斯果断地重新举起了步枪，他要向生命挑战。埃蒙斯说："我已获得了第二次生命，我已拥有了宝贵的爱情，下一步，我要继续我的理想，不论结果如何，我会继续奋斗下去。"在接下来的选拔赛中，埃蒙斯顺利获得了参加 2012 年奥运会的入场券。

伦敦奥运会上，虽然埃蒙斯再次倒在了最后一枪之下，但对于已经历过大风大浪的他来说，这反而成了一件小事情，他甚至可以谈笑着回顾自己的三次奥运之旅，而世人也给了他毫不吝惜的掌声。是的，在经历过失败与疾病之后，重新站在奥林匹克的赛场上，这本身就是一个了不起的创举，埃蒙斯已经证明了自己是一名当之无愧的强者。

世人只看到埃蒙斯的失败，却无人发现，正是因为他的坚强与执着，他才在失败中获取到了更为宝贵的东西，爱情、理想与世人的尊重。毫无疑问，这三样东西的价值要远远超过那些枯燥的名次与短暂的荣光，有了这三样东西，埃蒙斯的最后一枪无论取得何种结果都已不再重要，因为他已获得了远远凌驾于冠军之上的奖赏。

玩虚拟游戏抓现实罪犯

玩游戏一向被视为不务正业，特别是那些拿着智能手机边走边玩的年轻人，常常会被贴上无所事事的标签，但是最近，波兰警方却高调推出了一款智能手机游戏，鼓励人们利用业余时间玩游戏。当然，这些警察绝不是不务正业，事实上，这款游戏是他们为搜捕嫌犯而设计的秘密武器。

这款名为"最高通缉"的游戏创意很简单，类似于升级版的连连看，要求玩家在规定时间内将通缉令上的照片进行一一匹对连接，并且记录最高分值从而获取积分。值得注意的是，通缉令上的相片都是货真价实的罪犯相片，玩游戏时高度专注的精神状态让玩家在不知不觉中就记下了这些罪犯的模样。这样每位玩家都成了警方的线人，如果发现了犯罪分子，他们可以立刻通过游戏给警方发送电子邮件。

2013 年 5 月，第一名落网的罪犯出现了，这名叫瑞比克金斯基的惯偷多次出没于华沙知名的商铺与普通人家，偷窃了大量财物。虽然警方通过监控录像确定了他的长相，但由于此人极其狡猾并且经常易容作案，所以一直没有落网。在"最高通缉"游戏上，此人的相貌与身材均被做了重点介绍，并且游戏中他的分值设置很高，这引起了玩家的重视。很快，一些具有此人特征的嫌疑人信息被玩家反馈到警方，警方经过认真的分析比对，终于发现了真正的罪犯并且一举将其抓获。

初战告捷让警方大为满意，他们安排专人负责游戏的升级工作，负责将更多的罪犯信息添加到游戏之中。事实上，波兰警方选择手机游戏这种形式也是有的放矢的。据统计，2013 年初波兰全国约有 600 万部智能手机，正是看到了智能手机网络的普及性与巨大信息量，警方才决定利用这方面的有利条件，将追捕罪犯的任务分发给全国公民，使人们参与到搜索被通缉的重要罪犯这个难题之中。同时，波兰公民的正义感很强，通过居民提供线索而落网的通缉犯相当多。据统计，每年大约有五分之一的罪犯是由居民提供信息而被拘捕的，而在这款游戏推出后，这个比例得到了明显的提升。

波兰警方负责"最高通缉"游戏开发的警官皮奥特兴奋地说："目前在波兰大约有 36000 名被通缉的罪犯，差不多其中的半数被公开通缉。在游戏上线之后，我们已经获取了上千条有效信息，我们相信，随着游戏的广泛流行和玩家数量的增多，一些隐藏极深的危险罪犯也将会浮出水面。"

立竿见影的效果让人们对游戏开发商也刮目相看，改变了一直以来人们认为游戏公司只专注于挣钱而缺乏社会责任感的印象。作为这个绝妙创意的实践者，恒美公司华沙移动委员会顾问米隆纽科自豪地说："我们用最危险的罪犯面容代替了孩子气的图画，让大家对危险人物形象记忆深刻，玩家除了可以得到积分，还获得了成为英雄的机会。我高兴地看到，游戏上线仅仅两天，就已经被玩了超过3000 次。"

目前，"最高通缉"作为世界上第一款抓捕罪犯的游戏软件已经在安卓和苹果设备上使用，恒美公司也计划与全球各国警方合作，在全世界范围内推出类似的游戏，共同打击犯罪行为。

将手机游戏与现实生活无缝对接，变无所事事、不务正业为勇担责任、抗击罪恶。可以说，"最高通缉"游戏探索出了一条私人娱乐与社会责任的共赢之路，起到了事半功倍的效果，体现出了网络时代管理者与时俱进的高超智慧，值得世界各地政府的管理者学习与思考。

那些"奇葩"办公室

当今社会人们的工作节奏越来越快，生活压力也越来越大，有相当一部分人得了办公室综合征，一旦进入单调乏味的办公室，就会产生一股厌烦与抗拒的情绪。因为久坐，办公室人员还常常出现头痛、耳鸣、听力下降或记忆力减退，严重者还会出现心慌、心悸、心律失常等症状，身体与心情双双不佳，自然会影响工作效率，这是任何制度都难以解决的一个大难题。

对此，世界各地的公司企业都绞尽脑汁，想找到一种合适的方法解决这个问题。于是，很多创意十足的新型办公室出现了，它们充分考虑传统办公室带给工作人员的负面效应，有的放矢，营造出了一个个更加人性化的工作环境。

这其中最著名的当属一直以创意著称的谷歌公司。在瑞士苏黎世的谷歌分公司有一种"豌豆荚屋"办公室，一个个淡绿色豌豆状的办公室伫立在花草树木之间，员工要进入办公室，就要穿花绕树而过，打开如一粒豌豆般小巧可爱的办公室，或温暖或静谧的色调因人而异，让每一名员工都能在工作之余，接近自然，放松心情。位于世界滑雪胜地的谷歌苏黎世分公司还有一种精巧的滑雪缆车办公室，类似滑雪缆车的写字间配上可乱真的虚拟雪地和灯饰，员工们仿佛置身于滑雪胜地，心中的浮躁顿时消失殆尽，工作起来自然精神百倍创意十足。

谷歌的理念是让工作与自然合而为一，虚拟出一个自然环境。西班牙的一家建筑师事务所则将自己的办公室直接搬进了大自然，这也是与他们一直倡导的环保、自然的建筑风格不谋而合：透明的玻璃墙体让员工在工作时仿佛置身于大自然之中，看着窗外满地的落叶，聆听着鸟语虫鸣，压抑在钢筋森林之中的心灵得到了最大程度的释放。这对于从事创意建筑工作的事务所工作人员来说是弥足珍贵的。

其实，在现代社会，办公室不仅是工作场所，更是一种生活场所，壁垒森严的写字楼已经被证明不利于员工身心健康。所以，许多追求复古生活方式的办公室浮出水面并受到了极大欢迎。美国波特兰市一家广告公司有一种"鸟巢"办公室，从远处看完全就是一个巨大的鸟巢，用货真价实的稻草与树枝搭建而成，鸟巢内的设施也是尽显简朴，岩石状的办室桌椅和羽毛状饰物让人如同真的身处一个大鸟巢之中。瑞典的一家名为 Bahnhof 的网络供应商则有一种"洞穴"办公室。它位于一条人工开凿的岩石隧道之中，工作人员穿越隧道进入办公室，仿佛进入了另一个世界，久违的好奇感与探索勇气被再次激发了出来。美国匹兹堡的创新工厂 Inventionland（创新之地）则干脆把办公室放在了一棵棵巨树的身体之中，坐在"树屋"办公室里，目之所及是涓涓溪流、花草树木，人们仿佛置身于森林之中，顿时心情愉悦精力十足。

当然，办公室毕竟还是工作场所，应当找到一个工作与舒适的最佳结合点，这样才能事半功倍。这一点上做得最成功的是全球动画公司巨擘美国皮克斯公司，他们直接将动画场景搬进了办公室里。办公室是一间间卡通小木屋，每间小木屋里都酝酿着无尽的创意，许多卡通人物和场景都活生生地走进了办公室中。最近更是加入了立体 3D 技术，让员工有了身临其境之感。员工与卡通人物朝夕相处，许多创意滚滚而来，公司业务自然蒸蒸日上了。

这些创意十足的"奇葩"办公室不仅提高了工作效率，更体现了公司对员工的尊重与关心，使员工从心底里愿意贡献自己的聪明才智，这是一个绝对双赢的结果。

把医院变成童话城堡

对于每个孩子来说，医院都是噩梦一般的存在：呆板冰冷的白色墙壁，刺鼻难闻的药水味道，表情严肃不苟言笑的医生护士，再加上那些味道怪怪的药片和疼痛难忍的针，一个孩子往往还没到医院，已经吓得大哭起来。这无疑很不利于治疗，而如何让生病的孩子进入医院也是令父母最为头痛的事情。

但在法国巴黎的郊区，却有这样一家儿童医院，不但患病儿童从不抗拒进入医院，甚至一些健康儿童也喜欢到医院里去玩。它的秘诀就是卖萌，这一点从它的名字就可以看得出来——长颈鹿儿童医院。

远远望去，你根本不会想到这居然是一家医院。白色波纹状的墙壁充满想象空间，一只悠闲的长颈鹿破墙而出，正伸长脖子试图从旁边的树上吃树叶；一头白色北极熊迈动笨重的双脚，正在试图攀上台阶；而一群笨拙的七星瓢虫正争先恐后地爬上外墙企图翻进院子里。生机盎然的动物形象让整个建筑变得生机勃勃。这哪里还像一家医院，简直是一座童话城堡，吸引着所有孩子的目光。

在这家医院诞生之前，这儿的父母们最头疼的就是带孩子去医院，正是因为发现这一点，市政府才请当地著名的建筑事务所设计了这所梦幻般的医院。负责此项目的事务所经理弗吉尼亚·达沃斯说，设计所里很多人都有至少一个孩子，深受子女就医之苦，所以建这样一家医院也是为了自己。

在设计之初，团队就明确了最重要的一点，那就是这所建筑要具有把孩子哄进来的能力，只要能让孩子们在不知不觉中度过在医院的时光，设计就算是成功的。秉承着这一设计理念，第一个被确定下来的是一只高高的长颈鹿。从孩子的视角看来，它不但高大，而且温和，萌态十足，十分符合孩子的心理需要。这头仿佛卡在房子里的长颈鹿建造在医院门厅的位置，下面还有四条长长的鹿腿和一小块露出来的肚皮，孩子们每次来，都会从四条鹿腿间经过，这也是他们和这个大个子"亲密接触"的好机会。

事实上，长颈鹿正是设计的精髓所在，它是周边建筑中第二高的事物，仅次于著名的"地平线"塔。当孩子们从远处看到长颈鹿时，他们会想：还好我只是感冒了，如果像长颈鹿先生一样卡在那里，哪儿都去不了，一定难受死了。

当然，在走近之后，会有更大的惊喜等着孩子们，其中包括一头北极熊和一群七星瓢虫。北极熊双脚直立用双手扒着二楼的防护网，而瓢虫们正成群结队从外墙向里爬去。正是因为这些别致的设计，让这家医院出现了传统医院中根本不会见到的景象，那些生病的孩子们欢呼雀跃着，睁着好奇的眼睛观察着周围的一切，仿佛不是来看病，而是来游玩的。

当然，设计师们不会只顾吸引孩子，更会顾及安全，还为童话留出了更多的想象空间。他们尽量避免孩子和动物们的零距离接触，以避免孩子受伤和动物塑像受损。长颈鹿的腿和背孩子们可以摸到，但脑袋却高耸入云，让孩子们只能仰望；北极熊周围用护栏围起，二楼也只扒到了护网，而不是护栏，避免了孩子的不良模仿；小瓢虫们则离得远远的，仿佛随时要爬过墙头消失在另一边，让孩子们只能远远观望。

在这样一个奇妙的世界里，纵然一墙之隔就是人声鼎沸的繁华街道，孩子们一样会玩得乐不思蜀，而在这个充满故事的空间里，孩子们也可以坚强地面对治疗了。因为他们从那个被卡在墙中间仍然去啃食树叶的长颈鹿那儿得到了鼓励，从那个笨拙却仍然奋力爬上二楼的北极熊那儿学会了坚持，从那些弱小却锲而不舍前进的瓢虫那儿获取了勇气。

有这样一群动物和孩子们互动，整个医院焕发出了一种蓬勃的生命力，这也让身为成年人的医生、护士们可以更自然地开展工作，而整个治疗过程就在这种轻松愉悦的氛围中完成了。

一家喜欢卖萌的儿童医院，一座喜欢讲故事的童话城堡，我想，这里医治的不仅是孩子们身体上的病患，更为他们的心灵传递了正能量。而这体现出的，其实是整个社会的人文关怀，以及这种关怀的科学合理和细致入微。

迟到 385 年的判决书

2012 年 6 月 28 日，德国科隆市法院的一纸判决书引起了全欧洲的关注，一名叫凯瑟琳娜·赫纳特的女性被判决无罪。当判决书被当众宣读时，整个法院响起了雷鸣般的响声。

判决书引起关注的原因在于赫纳特的罪名：施黑魔法

的女巫。生活在 21 世纪的人一听这个罪名就可以判断出这是个莫须有的罪名，但是，就是因为这个可笑的罪名，赫纳特已经在 385 年前被残忍地杀害了。

赫纳特是一名贵族女性，生活在 16 世纪的德国科隆市。她从小就接受了良好教育，并在成年后继承了父亲"邮政局长"的职位，成为德国第一位女邮政局长。在她的努力下，科隆的邮政工作井井有条，美丽且富有气质的赫纳特也成了当地有名的公众人物。但是，她的优秀却招来了某些人的忌妒，特别是一些修道院因为邮局的业务激增而使自身受到了严重影响，一些信徒不再相信所谓的心灵感应与祷告，转而通过写信与远方的朋友与亲人交流。

此时，一座修道院出现了莫名其妙的虫灾，一名信徒被袭击致死，有人便举报赫纳特曾在事前去过修道院。后来，有一名修女举报赫纳特是施展妖术的女巫，是她造成了修道院的虫灾和信徒死亡事件。

科隆市对修道院虫灾和死亡事件进行了调查，但是却一无所获。面对民众的惶恐和修道院的催促，他们只好把罪名安在赫纳特身上，将她抓捕入狱。赫纳特否认自己有罪，审判者便对她施用酷刑，但坚强的赫纳特仍然坚持不认罪，审判者无奈，便凭借两个证人的口头证词，草草宣判她有罪，并在判决书里，宣布她的罪行是："渎神，与撒旦交媾，公然杀害成人和儿童，举行魔法舞会，向人和果树施展魔法。"赫纳特被绞死后，尸体还被放在火上焚烧，直至化为灰烬。

事实上，像赫纳特一样被迫害致死的所谓"女巫"还有很多，自1500年开始的200多年间，仅在德国，便有25000名"女巫"在德国被判死刑，而在整个欧洲，这个数字更高达十万名。可以说，对"女巫"犯下的罪行是欧洲历史上最黑暗的一页。

后来，随着人类文明程度的提高，人们不再相信"女巫"的存在，各国政府也废除了这一罪名，但是与此同时，那些因此罪名无辜而死的人却也被人们遗忘了。

重新提起"女巫"这个名词的人叫作黑格勒，是德国的一名退休牧师，他在仔细研究宗教史和欧洲近代史之后，发现了这个被残害后却没有得到平反的特殊群体。身为一名牧师，他感到了深深的负罪感，决定为这些可怜的女人翻案。他向媒体大声疾呼："根本没有什么所谓的巫师，一切罪名全是虚构出来的，在艰难的岁月里，女巫成了权力部门的替罪羊。这是政府的渎职，也是教会的耻辱。"

黑格勒和40多名社会活动家一起组成工作组，致力于为全德国的女巫平反。很快，14个德国城市相继开始了平反运动，许多屈死的"女巫"后代也纷纷站了出来，要求为自己的祖先正名，他们同时还要求把对女巫的错误记录从书籍中清除。

在赫纳特获得无罪判决之后，黑格勒并没有表现出过多喜悦，他平静地说："我们欠那些遇害者们一个无罪的宣判。它并不仅仅与过去有关，还与我们今天如何反对暴力、反对将人群边缘化有关。"

黑格勒的话引起了人们的反思。事实上，在当今社会，类似"女巫"罪名的暴力执法仍然存在着，这种不负责任的执法不仅大大降低了政府的公信力，更是成为社会文明进步的桎梏。作为执法部门，有必要学习为这起385年前冤案平反的科隆法院，其实，犯了错误并非不可原谅，但首先必须要有承认错误的勇气。对385年前的一起案件负责，体现的不仅仅是法律的公正，更是社会文明的进步与民主法制的深入人心。

叶卡捷琳堡市的"坑洼"头像

叶卡捷琳堡市一直以风光优美、经济繁荣著称，但是最近，这个城市却成了公众的笑柄。原来，在这所城市的地面上出现了许多人物头像，更令人惊奇的是，这些头像居然就是该市官员们的。官员头像出现在坑洼不平甚至有些肮脏的地面上，顿时令舆论哗然，这让城市形象大受影响。那么，这些头像究竟是谁绘制出来的？目的又是什么呢？

原来，近年来，随着基础设施建设的滞后，叶卡捷琳堡市的城市设施日益老化，城区道路坑坑洼洼。市民们向政府寄去了上千封请愿信，并聚集到政府门前要求处理此事。2011 年，州长叶甫盖尼·古瓦舍夫承诺说："重建叶卡捷琳堡市道路是我们的优先任务之一。"市长雅各布也说："请相信我们，市区里所有的道路都会修葺一新。"

然而，大半年过去了，市区的道路不但没有重建，甚至连简单的维修都没有，而同时，叶卡捷琳堡市的交通事故率不断攀升，到处都是一片狼藉。忍无可忍的市民再次给州政府寄去了抗议信，并要求政府做出解释，但是，面对民众的不满，当初信誓旦旦的州长和市长却同时选择了沉默，对道路问题避而不谈。

面对这样的情况，市民们愤怒了，但一时却也无计可施。这时候，一些生活在叶卡捷琳堡市的艺术家想出了一个绝妙的法子——绘制政府官员"坑洼"头像讽刺画，并将画像贴满大街小巷。

很快，叶卡捷琳堡市的市民和世界各地来到叶卡捷琳堡市旅行或是参加会议的人发现了一个奇怪的现象，在这个城市的大街小巷中遍布着一些匪夷所思的图画：在一个损坏的下水道口，州长古瓦舍夫的巨大肖像横在地，污水四溢的下水道口正好填充入他那张得大大的嘴里，更具有讽刺意味的是，讽刺画上还引用了他在上任时承诺修整城区道路的发言；在另一条道路地面的大坑洞上，绘制了市长雅各布的头像，坑洞也正好被填充入他那张大的嘴里，他所说的话也同样出现在了画上；同样遭受到"噩运"的还有市杜马议员叶甫盖尼·波鲁诺夫等一众政府官员。

"坑洼"头像令市政府始料不及，政府官员和公务人员每天上街都会看到这些画像，这令他们面红耳赤，工作热情一落千丈，执法时也没有了底气。更令政府头疼的是，同样类型的画每天都会在不同的地方出现，数量有增无减。明眼人一眼便可看出，艺术家们正是借助这种形式，讥讽这些官员言行不一、逃避推诿的无耻行径，同时也督促他们尽快回应市民们的问责。

市政府知道再也不能保持沉默了，很快，政府召开了一场新闻发布会。会上，市长雅各布向全体市民道了歉，他深深地鞠躬，说："对不起，让大家失望了，因为经济出现问题，政府现在没有资金修路，资金正在筹措中，请大家耐心等待。请大家监督我们！"

雅各布的道歉并没有起到立竿见影的效果，虽然讽刺画的数量没有增加，但只要一有政府人员试图破坏这些画，就会有市民上前阻止，他们异口同声地说："等到市长的承诺实现了，这些画自然会被抹掉的。"

叶卡捷琳堡的市民们，本可以通过与政府对话的烦琐程序，把民众的意愿与不满传递给执政者，但是，他们却没有那样做，而是通过更加自由的方式将不满传递给了执政者，让他们对自己说过的话负起责任，并给执政者施加了压力，加速了问题的解决进程，并最终取得了良好的效果。这种反映民意和维护自身权利的智慧，着实令人叹服。

从"自杀之桥"到"生命之桥"

韩国首都首尔有一座著名的麻浦大桥，这座桥全长1600米，横跨汉江，桥梁两端分别连接麻浦区和永登浦区，是首尔重要的交通枢纽。但是，2008年之后，这座桥却逐渐有了一个令人惊悸的称号："自杀之桥"。

2008年3月，一名失业的中年人从麻浦大桥上纵身一跃，落入了水流湍急的汉江水中。由于麻浦大桥高达10米，中年人甚至没有激起多大的水花便迅速消失在了江水之中。当时，桥上经过的车辆都停了下来，有人试图去抢救轻生男子，却最终只能望江兴叹。后来，人们在距桥五里外的水中发现了中年人的遗体。这是第一个在麻浦大桥上自杀的人。

有了第一个自杀者之后，越来越多对生命绝望的人选择了以麻浦大桥作为生命的终结之处。自 2008 年之后的短短四年，已有 85 个人试图在麻浦大桥上自杀，一时间大桥成为人们心目中的"自杀大桥"，恶名远扬，甚至有远离首尔千里之遥的人专门赶赴麻浦大桥自杀。

"自杀大桥"上发生的惨剧引起了首尔市政府的高度重视，他们经过对自杀获救者的询问和综合分析，了解到了麻浦大桥成为自杀"胜地"的原因。原来，自杀者认为，麻浦大桥除了高达 10 米，桥下河水极深并且流速湍急，一旦跳下极难生还之外，大桥的建筑风格也略显压抑。它秉承了韩国桥梁的一贯风格，坚硬而单调，略显压抑的灰黑和白色构成了桥梁的主色调，冰冷的栏杆毫无生命色彩，再配上桥上湍急而过的江水，会让许多本就感到绝望的人更加绝望，产生纵身一跃终结生命的冲动。

了解到原因后，首尔政府立刻着手行动，除了加强大桥上的监控力度，还与韩国最大的保险公司之一"三星生命"签订了一份特殊的谅解备忘录。备忘录中对 85 名自杀者的自杀原因和过程进行了详细的描述，并对产生悲剧的原因进行了深刻的剖析和自省，最后，备忘录上还订下了一个协议：市政府将与"三星生命"共同努力，对麻浦大桥进行改造，将大桥打造成抚平生活创伤、给予生命希望的场所。

2012 年 8 月，首尔市政府通过媒体向全体市民公布了这份谅解备忘录，并向广大市民征集大桥的改造建议。一个月后，由心理学家、广告制作人和市民团体活动家们共同策划设计的改造方案正式浮出了水面。麻浦大桥的改造随后正式开始，很快，焕然一新的大桥出现在了人们面前。

走上大桥，新装修的大桥栏杆上的电子屏会不断与路人进行交谈。每当有人走过，栏杆的电灯就会亮起来，并出现语音信息。它会像朋友一样关心地问候："最近忙吗？"也会提醒路人"去洗个澡，好好地泡一泡"，让人们记得去享受日常生活中的幸福。桥上还放置了一个朋友抚摸着垂头丧气的男人的脸来安慰他的铜像，并贴有各种美食的图片，充满了浓浓的生活味道。设计者们试图用这种方式重新激发寻死者对生活的欲望。

大桥改造后的效果立竿见影，一些试图自杀的人在走上大桥后打消了自杀的念头。一位试图在大桥上自杀的年轻人流着泪说，大桥让他想起了父母和朋友，他感受到了生命的美好，认识到死亡是一种不负责任的逃脱，并有了重生的勇气。自此，有着"自杀大桥"恶名的麻浦大桥正式重生为"生命之桥"。

"三星生命"负责大桥改造工作的相关人士说："人们走在大桥上，会回想起生命中一些珍贵的瞬间，会产生对于生活的渴望，试图自杀的人会对生活产生留恋。我们想，唤醒人们求生的希望并不容易，但我们会继续努力，这座大桥只是个开始。"

请归还我的名字

最近，15岁的冰岛女孩布莱尔·斯图尔卡向国家最高法院递交了一纸诉状，将冰岛政府告上了法庭。她起诉的原因有些可笑，竟然是告政府没有尊重自己的姓名权，导致自己一直以来都只有姓没有名，她要求政府尽快为自己正名，把名字还给自己。

其实在冰岛，像布莱尔的这种情况并不罕见，一切都源于在这个人口只有三十多万人的北欧国家有一项奇特的法令。20世纪，为防止家长给孩子起稀奇古怪的名字，冰岛政府颁布了一项法令，规定家长必须从国家认可的、符合冰岛语法和发音规则的 1712 个男性名字和 1853 个女性名字清单中为孩子取名。如果家长想给孩子起个清单以外的新潮名字，必须向冰岛命名委员会递交申请。

这项法令推出初期还是比较有成效的，一些稀奇古怪名字的消失让户籍管理部门如释重负。但随着时间流逝，新的问题又出现了。由于人口数量出现增长，冰岛出现了大量重名重姓的公民，许多人因此在入学、工作甚至银行业务中出现了问题，而一些年轻时尚的父母则更对政府的这项法令颇有微词，他们都想给自己的孩子取一个有个性的名字。

1998 年，布莱尔出生时正是冰岛一年中最温暖的季节，这对于常年处于严寒中的冰岛来说弥足珍贵。母亲为了纪念这个美好的日子，便给女儿起名为"布莱尔"，在冰岛语中意为"微风"，但是，这个名字却不在国家认可的名字清单中。为了让这个名字合法，布莱尔的母亲向国家命名委员会提出了申请，但委员会却认为名字太过男性化而将要求驳回。后来，布莱尔母女一直努力与命名委员会沟通，但对方却一直没有再给明确的答复，这样一拖再拖，直至布莱尔已经 15 岁，这个问题仍然没有解决。

由于名字不合法，布莱尔的所有档案上都只有姓没有名，而她的姓氏"斯图尔卡"在冰岛语中意为"女孩"，这更是一个极易让人产生误解的姓氏。随着她逐渐长大，姓名问题给她的生活带来了极大困扰，去银行办手续、更新护照或是跟政府机构打交道，布莱尔总是要一遍遍向对方解释。

终于，在又一次被护照审批部门拒绝后，布莱尔愤怒了，她一纸诉状将政府告上了法庭。这一事件立刻引起了冰岛公众的关注，在接受媒体采访时，布莱尔展示了数十封历年来给冰岛命名委员会寄去的申请书副件。她愤怒地说："我是这个国家的公民，但我却连自己的名字都不曾拥有过，这可恶的法令，可恶的命名委员会，我真不知道他们每天都在干些什么！"

布莱尔的母亲说："给孩子起名是家长的基本权利，更何况这个名字根本不会对孩子造成伤害，我觉得，这项法令已经到了可以废除的时间了。"

布莱尔的遭遇赢得了冰岛公民一面倒的支持，他们指出，冰岛最负盛名的作家、诺贝尔奖获得者哈尔多哈·拉克斯内斯的一部小说中就曾用布莱尔作为其中女性角色的名字。许多公民不无讽刺地说，看来，政府真的是想让这个名字只出现在虚拟的小说中了，这真是太可笑了。

面对公众舆论的压力，冰岛国家最高法院很快宣布将受理此案，并表示一定会严肃认真地对待案件，一旦案件查明，即使撤销国家命名委员会，也一定会维护公民的基本权益。由此看来，无论布莱尔的起诉结果到底如何，她其实已经赢得了实质上的胜利。

奥地利离奇罪名治痼疾

2011 年 7 月 8 日，家住奥地利首都维也纳的 52 岁男子扎乌纳十分郁闷地接到了一张罚单，这已经是近两年来他因同一罪名收到的第四张罚单了。因为拒绝缴付罚款，他此前已经三次入狱被囚禁了六天之久，而令扎乌纳三次身陷囹圄的罪名更加令人不可思议，竟然仅仅是因为他的宠物狗在大街上随意排泄。

为保持公共环境卫生，维也纳从 2008 年 2 月实施新的公共环境卫生法规，规定未履行清拾宠物粪便义务的狗主将被处以 36 欧元罚款，而第四次违规将被处以 1360 欧元最高额罚款。而扎乌纳此次得到的罚单金额正是 1360 欧元。

但扎乌纳并不打算支付罚款，虽然这会直接导致他再次入狱。扎乌纳说："我宁愿去蹲监狱，也不去拾狗屎。要知道，政府提供的装狗屎的纸袋太小，我的德国獒犬是世界上最高的狗，它们需要像商场购物袋那样大的袋子。"

扎乌纳的事引起了广泛的争论，有的人认为处罚正常，也有的人认为罚款过重了。对于此，主管维也纳垃圾清运和街道清洁工作的市政厅第48处负责人约瑟夫·索恩在一个电视访谈节目中坚持，他们对这名男子做出的此类行为最高额1360欧元罚款的处罚是"恰当"的。

按照维也纳的相关规定，狗的主人有义务把自己宠物排泄的粪便拾进专用纸袋再丢到垃圾箱内，纸袋由市政当局提供，通常就挂置在人行道路边和公园里。在维也纳，据称平均每天要用掉47000多个纸袋。为此，市政厅第48处雇用了50名专职公共环境卫生观察员，监察公共清洁卫生秩序，对违规的狗主的罚单迄今已开出2800多张。

从扎乌纳事件可以看出，奥地利对于公共卫生的要求是非常高的，而且一直有新的举措出台。2011年3月当局还在全城布置700张海报，大张旗鼓地提醒市民维护城市清洁。事实上，在欧洲的许多城市，公共卫生都是政府政绩的重要衡量指标，这也是欧洲城市保持清洁优美的重要原因，同时，也折射出了国家公民整体素质的提高。

要知道，家园的美丽不仅仅是环卫部门的事，更是所有公民的统一义务。从扎乌纳事件中，我们是否也该领悟到一些什么呢？

为穷人做饭才最富有

39岁的安索吉是美国明尼苏达州明尼阿波利斯市小有名气的大厨。多年来，他一直任职于市中心一家时尚餐厅，担任行政主厨的他年薪高达八万美元，并有17名手下，收入不菲并且受人尊敬。

但是，安索吉却有着自己的苦恼。两年前，与他一同从底层奋斗至今的妻子和他离了婚，孩子跟着妻子离他而去，他虽然有着大把的美元，却发现每一天都过得了无生趣。每当忙碌完一天的工作回到豪华的家中，他都会被孤独和忧郁击溃。

更令他忧郁的是，他一直不知道到底是什么原因让妻子离开了他。直到一年前，前妻给他寄来一封信，他才终于找到原因。原来，妻子发现功成名就的安索吉逐渐变得焦躁而目空一切，当年那个为了理想而努力奋斗的安索吉早已不见踪影了。他回到家中颐指气使，出门在外则疯狂追求物质刺激，酒色财气掏空了安索吉的身体，也扭曲了他的灵魂。更令前妻失望的是，安索吉一直在隐瞒欺骗她，以为她不知道他的这些恶习。

读完信，安索吉的灵魂被触动了。其实，从妻子离他而去之后，他就厌倦了这些灯红酒绿的东西，但却一直没有找到正确的事物来填补内心的空虚，这也让他患上了严重的抑郁症和自闭症，每天晚上都不得不依靠药物入睡。

第二天，安索吉请了长假，开始四处游历寻找自己人生的方向。他远离那些灯红酒绿的高级场所，把目光对准了一直以来都不曾注意的平民百姓。有一天，在明尼苏达州首府圣保罗市中心繁华的大街一角，他发现了几个席地而眠的流浪汉。在地铁站的角落里，也有几个蜷缩成一团瑟瑟发抖的流浪汉，更令他心痛的是，这里面还有老年人和身患疾病的人，他们衣不遮体食不果腹的样子深深触动了安索吉。他做出了一个重要的决定，辞去高薪的时尚餐厅主厨工作，去做薪水低而辛苦的慈善组织救世军免费食堂的主厨。

2012年10月，在所有人惊奇不解的目光中，安索吉来到了新的工作岗位上。这里没有花样繁多的调料与菜品，没有17名手下，薪水只有原来的三分之一，但安索吉却在这里找到了久违的快乐与充实。他将烹饪技巧用来为这处救世军免费食堂的穷人和流浪汉做鲑鱼、排骨和炖菜等菜肴，他的到来让所有流浪汉都大快朵颐，享受到了难得一见的美食。

这一天，55岁的流浪汉李察逊提到了一道有鸡腿、米饭并添加了蔬菜的菜肴，他边吃边笑着说："这真是太好吃了，一到十分，我要给八分半，谢谢我们的大厨安索吉。"

慈善组织救世军的队长乔纳提到安索吉也是赞不绝口："安索吉太棒了，因为他的到来，这里不同于过去的免费食堂，只是呈上一碗汤和一块面包。安索吉做的菜很棒，是你要付不少钱到餐厅才能吃到的那种。"

如今，安索吉已经在救世军免费食堂工作一年多了，40 岁的他回顾这几年的经历，感慨万千地说："我经历离婚，罹患忧郁症，人生全乱了。过去我想要领高薪，住大房子，想有车，想要这一切，但最终这些都无法令我感到满足。幸运的是，我找到了这里，我想给那些最需要帮助的穷人做饭，这才是令我的灵魂更富有的最好途径。"

安索吉的话朴实无华，却印证了一个朴素的道理，那就是最有价值的人生，不是索取，而是给予。因为只有无私的给予，才能让灵魂富足，让生命的价值得以升华。

错误碑文引风波

2011 年 10 月，美国著名黑人运动领袖马丁·路德·金纪念园在首都华盛顿正式开园。纪念园占地 1.5 公顷，坐落于华盛顿市中心潮汐湖畔，在园内的核心建筑"希望之石"上，一座高九米的马丁·路德·金雕像高高耸立，他抱臂于胸前，凝视远方。

这位为民主公平而斗争一生的伟大人物很快引来全球各地崇拜者的竞相观摩，但是很快，马丁的追随者们就愤怒了。原来在纪念园内，在马丁雕像下有一块铭碑，上面刻着马丁一句著名的演讲词，令人无法容忍的是，演讲词居然刻错了。

马丁·路德·金的演讲原文是："如果你要说我是一名指挥家，就说我是一名公平的指挥家，就说我是一名和平的指挥家，就说我是一名正义的指挥家。"而在铭碑上则写道："我是一名公平、和平和正义的指挥家。"

《华盛顿邮报》专栏作家布劳德最先发现这一"错误引用"，他认为省略'如果'和'你'之后，马丁讲话的意思被完全改变了，让人觉得这位黑人民权运动领袖颇为傲慢和自大，不符合他一贯谦虚、亲切的为人态度，而在主题公园中出现这样的低级失误，更是体现出了公园设计者们的无知、浅薄和不负责任。

布劳德把此事通过《华盛顿邮报》告诉了全美国的马丁支持者，并得到了他们的一致支持。支持者们纷纷通过写信、互联网发帖、游行等形式表示抗议，此事越闹越大，最终惊动了美国政府。为了平息民怨，美国内政部长肯·

萨拉萨尔专门召开了一次新闻发布会，明确指示国家公园管理处在 30 天内修正铭碑文字。

因为刻错了演讲词，竟然引起一场轩然大波，这显然是公园设计者们所始料未及的。风波虽然已经过去，但政府的公信度却在民众心中有了不小的下降。相对于亡羊补牢式的道歉，其实，民众更需要的是一种尊重，一种尊重细节的工作态度，这是对于纳税人权利的尊重，也是政府提升公信力的不二途径。

"叹息桥"的价值

意大利"水城"威尼斯的西北部有一座古罗马帝国时代的皇宫。历经岁月侵蚀，皇宫早已破败不堪，虽然政府一直尽力保护，但访客仍然寥寥。可是，皇宫西面有一座封闭的小石桥却每天游客络绎不绝，这一切源于它有一个奇怪的名字"叹息桥"。

"叹息桥"早在一千年前就已存在。在罗马帝国时代，它本是皇宫的一部分。当时，国王为了巩固专制，会在皇宫内直接审讯犯人，罪名落实后，士兵会押送他们经过"叹息桥"，进入一桥之隔的地牢内服刑。比较特殊的是，能通过"叹息桥"进入地牢的犯人都是高级官员，而且所犯罪名全部都是腐败。其他官员可旁听审讯过程，在向他们宣示皇权的同时，这也是对他们的一种警示。

试想一下，桥的一边是富丽堂皇的皇宫，另一边则是黝黑阴沉的监狱，从天堂到地狱仅一步之遥。当犯罪官员从这座桥上走过，面对人生的急剧落差，可能会情不自禁发出长长的叹息，这就是"叹息桥"的来由。

封建时代结束后，皇宫与地牢早已废弃不用，但"叹息桥"的声望却与日俱增。无论是在封建社会还是在资本主义社会，腐败永远是威胁当权者的最大毒瘤，而"叹息桥"的警示作用独一无二。因此，意大利政府把它作为珍贵的文物保存了下来，从政府制订的保护措施来看，"叹息桥"的价值甚至要高于与它紧紧连接的古罗马皇宫。

叹息桥除了历史悠久，在外观上并不出众，它引来世界瞩目完全是因为它所包含的特殊意义。当世界各地的旅游者来到这里，面对这座在历史长河中"失足官员"曾经走过的"叹息桥"，都会发出各自的感叹，对各自的人生也有了更为深刻的思考。我想，这才是"叹息桥"真正的价值所在。

雾都消失的背后

　　一直以来，英国首都伦敦都是举世闻名的雾都，大雾已成为伦敦的象征。但是，2012 年新年伊始，伦敦政府却高调宣布，困扰市民上百年的雾霾已被彻底赶出了市区。

　　作为伦敦的城市标志，伦敦大雾由来已久。20 世纪初，伦敦人使用煤作为家用燃料，产生了大量烟雾。这些烟雾再加上伦敦独特的气候条件，造成了世界闻名的弥天大雾，大雾更是给伦敦人带来了惨痛的记忆。1952 年 12 月 5 日至 9 日，由于伦敦上空的冷高压造成大气湿度增加，再加上风力骤减，雾霾混合着工厂民宅排出的烟尘，形成了乌黑暗黄、充满异味的烟雾。人们根本无法出门，就连紧闭的窗门都阻挡不住辛辣刺鼻的雾气入侵。整个伦敦"窒息"了整整四天，最终导致 5000 多人死于呼吸道疾病。

　　正是这次灾难让英国政府下定决心，一定要彻底治理害人的雾霾，还市民一个清洁安全的生活环境，但具体实施时，政府却面临着前所未有的压力。当时，伦敦不仅是英国的政治中心，更是全世界工业城市的典范。大量的工业工厂密布于伦敦各处，展示出了新工业时代的勃勃生机，它们支撑着英国经济的半壁江山，但同时，它们也是伦敦大雾的始作俑者，要治理大雾，就要与它们宣战。

环境与经济的矛盾令政府进退两难。一方面，伦敦市民需要工厂提供工作与高额薪水，另一方面，他们又面临这些工厂带来的致命威胁。同时，工厂资本家给了政府巨大的压力，甚至不惜以辞退工人导致经济动荡为代价。无奈之下，英国政府进行了民意调查，希望以全民公投的方式做出选择。最终的调查结果大为出人意料，百分之九十以上的市民选择将工厂驱出市区，哪怕薪酬大幅缩水甚至丢掉工作也在所不惜。

有了民众的支持，政府底气大增，于1956年推出了《空气清净法案》，禁止使用产生浓烟的燃料，还制订了近乎严酷的控制工厂规划、减少车辆排放量的措施。坐落于市中心的工厂全部被勒令外撤，城市周边新建工厂从占地面积到烟囱高度都有严格的规定和标准，绝对不允许有破坏环境的可能。当时世界最大的伦敦火力发电厂，被关停后建成了如今泰晤士河畔著名的泰特现代艺术馆，而巴特西发电站则在被关停后被改造为居民休闲娱乐中心。在控制机动车尾气排放方面，政府一方面大力发展公交系统，另一方面大幅提高城区的停车费和入城费。其中伦敦停车费之贵据统计为全球之首，一个停车位月租高达650镑。

在这种铁腕政策下，市内私家车流量得到了有效控制。

政府的铁腕政策虽然受到了资本家的抵制，但却已势不可当，十年时间，所有工厂被撤出市区，政府也有了下一步举措。1990年，政府开始着手搞绿化，并制订了严格标准。现在的伦敦，无论在写字楼周围还是住宅区附近，步行10分钟一定会有一座公园，就连寸土寸金的伦敦中心区，仍旧保留着市区最大的皇家庭园海德公园，占地将近160公顷。伦敦虽然人口稠密，但人均绿化面积高达24平方米，在全球名列前茅。

正是因为持续60年不遗余力的努力，伦敦才终于告别雾都的称号，真正成为一座清洁美丽的宜居城市。虽然经济有所停缓，但居民平均寿命却延长了近十一岁。在政府宣布喜讯后，伦敦城内一片欢腾，甚至有人开玩笑说："2012年，世界毁灭，开玩笑吧，如果全世界都像伦敦一样，我担保我能活到120岁。"

节约从总统面子开始

在美国，为了纪念历任总统，铸币局会定期生产一些一美元硬币。这些硬币可以在市场上流通，也可以作为个人收藏，而历任总统也都为自己能登上硬币而自豪，觉得这是对自己执政能力的肯定。

但是，2011年12月，美国副总统拜登突然宣布总统头像一美元硬币将停产。在新闻发布会上，他没有说明停产硬币的具体原因，只是半开玩笑地说："我不得不宣布，总统头像硬币要停产了，说实话，这让我感到震惊和沮丧，但是，这势在必行！"

从拜登的话中，民众得到了两个信息：第一，他本人并不希望停产硬币；第二，硬币有必须要停产的原因。拜登的遗憾倒是可以理解，当地电视台调侃说，拜登或许是为自己来不及登上硬币而遗憾。那么，美国政府为什么要停止生产这种可以流通的硬币呢？

事隔两天，美国财长盖特纳在一次新闻发布会上的一句话道出了原因："生产硬币很花钱！"原来，美国目前的政府财政赤字很大，这要求政府从各个方面来采取措施节约开支，政府更是提出了"节约每一个铜板"的口号，停产硬币就是节约计划中的一部分。

盖特纳列举了一系列数字。截至目前，美国铸币局已经为历任总统生产了7000万至8000万枚硬币。但事实上美国人对硬币的需求量并没有那么大，这使得近14亿枚硬币被美联储回收，每年将为纳税人带来约5000万美元的生产和贮存费用，而停产硬币将会节省这 5000 万美元。

盖特纳说："我们花着纳税人的钱，就要为所有美国民众负责。很显然，这种硬币除了能让总统们感到心满意足之外，已经没有太大作用了，最重要的是，它在浪费着纳税人的钱。所以，我们想，它可以停产了。当然，我想如果有一天，美国在某一位伟大的总统领导下走出现在的困境，美国民众会乐意再次见到他的头像出现在硬币上面的。"

盖特纳发言结束后，新闻发布会现场爆发出了雷鸣般的掌声。第二天，新闻发布会内容上了美国各大报纸的头条，各大电视台也纷纷将其作为重点新闻来播报，美国民众纷纷对政府此举表示出了极大的支持。

新泽西州的马修·沃尔说："说实话，这种小硬币我从来没有用过，这次政府做得很好，我想，这比那些经济学家们的胡说八道要实在多了！"

在美国，所有政府支出都是纳税人的钱，自从经济滑坡以来，纳税人对政府的不满情绪渐涨，而美国政府抛出的那些宏大的经济复苏计划因为过于虚拟化、数字化而不被民众认可。这一次，美国政府高调宣布停产总统头像硬币，就是想通过小小硬币的停产把美国政府摒弃面子工程、脚踏实地干工作的形象树立起来，表现出政府消减赤字、节约成本的决心，让民众对政府的努力更加看得见摸得着，让民众对政府重拾信心，共同面对经济危机。很显然，政府的目的达到了，停产总统头像硬币挽回了不少民心，民众对政府的信任度也有了明显提高。

国王必须道歉

2012 年 4 月 13 日，非洲小国博茨瓦纳北部城镇卡萨尼著名的丘比国家公园里，一列豪华车队正在荒凉的无人区缓缓行进着。突然，最前方的豪华跑车内，一个声音响了起来："停下，前方有野象。"

车辆停下后，一个身材高大、精神矍铄的老人走下车子。随后，十余名保镖也紧紧跟着他下了车。老人举着一支双管猎枪，借着四周灌木丛的掩护，向前方的野象缓缓靠近。

眼看距离野象越来越近，老人也越来越小心。突然，他发现前方有一丛极大的灌木丛，那里距野象只有两百多米，而且角度极佳。老人心中一喜，立刻蹑手蹑脚地向那堆灌木丛走去。可是，就在马上到达灌木丛时，老人突然脚下一滑，摔倒在了灌木丛中。巨大的灌木丛被老人压倒，不远处的野象立刻被惊跑了。

保镖们一拥而上，扶起了老人，老人用手按着右侧髋部痛苦地呻吟起来。很快，他被送到最近的医院里，经过诊断后，医生证实，老人的右侧髋部骨折了。

老人受伤的消息很快传到了博茨瓦纳总统伊恩·卡马耳中，卡马大惊失色，立刻指示必须全力确保老人安全，保证老人得到最好的医疗待遇。

原来，这位老人并不是普通游客，他是西班牙当时在任的国王，74 岁的胡安·卡洛斯一世。

西班牙国王在博茨瓦纳国内受了伤，这是非常严重的外交事件。博茨瓦纳政府立刻召开新闻发布会，政府发言人杰夫·拉姆赛向媒体记者披露了卡洛斯一世猎象过程中受伤的事件。为了应对动物保护主义者，拉姆赛特别做了解释："卡洛斯一世有猎象狩猎许可，他是我们博茨瓦纳人的老朋友了。我们要向西班牙人民说对不起，让他们敬爱的国王受了伤。"

消息一出，顿时一石激起千层浪。但令博茨瓦纳政府意外的是，几乎所有西班牙人不仅没有表示出一星半点对于国王受伤的同情，反而都表现出了极大的愤怒，而西班牙政府更是第一时间出面表态，说根本不知道国王此次出国行程。

原来，当时西班牙正面临着前所未有的压力，庞大的债务危机已经严重影响了普通公民的生活，失业、降薪等问题令政府焦头烂额。而在这个非常时期，身为国王的卡洛斯居然耗费巨资跑去非洲狩猎，这严重伤害了国民的感情。

70岁的西班牙平民安赫莉卡·迪亚斯说："国王的举动真是糟糕，人们在家饿肚子，他却没有与大家团结在一起。他这么做不对。"

具有讽刺意味的是，出国狩猎的卡洛斯还是野生动物保护组织和世界自然基金会西班牙分会名誉主席。4月17日，两家组织的数百名成员在国王入住的医院外示威，要求国王辞职。世界自然基金会西班牙分会秘书长胡安·卡洛斯·德尔奥尔莫还写了一封公开信，信中说："我们注意到大家的担忧，这些不满情绪正严重影响自然基金会的信誉以及它50年来为保护大象和其他物种所做的艰苦努力。"

面对众口一词的指责，政府也不再庇护国王了。西班牙工人社会党成员托马斯·戈麦斯说："国家元首必须在个人生活和公共职责之间做出抉择，此前，国王自称一想到高失业率便夜不能寐，如今看来，这句话空洞而虚伪。我想，现在或许是这位曾经颇受欢迎的国王退位让贤的时候了。"

4月18日，在重重压力之下，卡洛斯一世蹒跚着走出医院，在众多记者与民众面前深深鞠躬，他说："非常抱歉，我犯了错误，这次事件让我明白了国王二字的真正含义，我将会承担所有责任！我保证绝不再犯！"

任何人都不能凌驾于国家大义之上，位高权重更应时刻自省，正是因为这个原因，受伤的卡洛斯一世必须认错。

世界上最美的书店

2016年1月的一天，法国巴黎的流浪汉林格尔在饥寒交迫中走进了塞纳河左岸的一家不起眼的书店。他的本意是想找点免费的水喝，却不料刚一进店门，便听到一个美妙的女声在耳边响起："先生您好，欢迎来到莎士比亚与同伴书店，这里的一切都属于您！"

女服务员的前半句话林格尔早已司空见惯，可最后一句话却让林格尔吃了一惊，难道这家书店是个慈善家开的？竟然说这里所有的一切都属于顾客。

林格尔不好意思地说："对不起，我只是想来喝点水，当然，如果还能有些免费食物的话，我也希望能要一些，因为，我已经一天没吃饭了。"

令林格尔大吃一惊的是，接下来，他竟然真的在这家书店吃上了美味的食物，而且，服务员还告诉他，如果他愿意，还可以在店中免费住宿，而书店唯一要求他做的，就是要每天读完一本书。

当林格尔读完一本服务员推荐的书，并且写下整整一页的读后感之后，他竟然泪流满面。他竟然从书中找到了久违的人生乐趣，找到了那个曾经热爱读书、对生活充满希望的自己。他决定，要留在这家书店工作与生活。

林格尔并不是这家书店收留的唯一流浪汉，事实上，这家书店已经开了65年了，早在"二战"结束后的1951年，这家书店便已经开业了。而且，美国传奇作家欧内斯特·海明威和爱尔兰作家詹姆斯·乔伊斯等人都曾是这家书店的顾客，他们都曾经受到过书店的惠赐，也曾尽其所能无私地回馈过书店。

林格尔在书店生活了半年之久，由于他努力读书并工作，学到了安身立命的本事，并找到了一份体面的工作，如今，虽然林格尔离开了书店，但他仍然会定期回到书店，看那些喜爱的书籍，并尽力资助书店。

书店现任老板叫作西尔维娅·惠特曼，她告诉林格尔，自开业至今，书店已经接待超过了三万人，像林格尔这样的流浪汉早已不计其数。书店欢迎所有人来，顾客可以在书店里吃饭、留宿，晚上可以睡在书架之间摆放的小床上住宿，书店可以同时留宿六个人，而作为交换条件，他们只需要写张一页纸的自我介绍，每天必须读完一本书并留下感想。后来，这些人大部分都在书店获得了自己的新生，在离开书店后过上了自食其力的生活，而且，有的人还走上了作家之路，把自己的人生经历写成了书。每个周一晚上，书店会为已有作品出版的作家免费举办读书会，传播正能量。

如今，"莎士比亚与同伴"书店已成为塞纳河左岸的文化地标，老板惠特曼专门出版了一本书店的传记，讲述它的传奇历史。看过的读者无不惊叹，纷纷称赞这样的书店才是"世界上最美的书店"，因为，它真正还原了书籍存在的价值与本质，那就是，无私的爱和给予。

清洗海洋的少年

20 岁的荷兰少年斯奈德拥有一个伟大的梦想，还蔚蓝于海洋，将海洋中无尽的垃圾清洗干净。

这个梦想源于斯奈德 17 岁时的一次海边游历。当时，他发现曾经蔚蓝的海洋已被花花绿绿的垃圾所占据，海风中也夹杂着令人作呕的异味。对于热爱大自然的斯奈德而言，这一幕简直触目惊心。他想，对于这颗蔚蓝色的星球而言，覆盖地球 71% 面积的海洋就是它的标志，可是，日益严重的海洋污染却让美丽的家园渐渐变成垃圾场，这是任何一个地球人都无法容忍的事情。

热爱科学的斯奈德很快便想到一个办法：与其浪费燃料驾驶清理船只追着垃圾跑，不如让垃圾自己跑进收集设备。他想到，由于洋流的循环作用，海面上漂浮的垃圾会聚到某一处，只要在旋转潮汐处装上一个巨大的浮动壁垒，就可以轻易地将废弃塑料收集起来。

想到办法的斯奈德兴奋异常，但当他把这个想法告诉身边的人时，几乎所有人都不以为然地说："斯奈德，这是不可能实现的，很早之前就有人提过这种想法了，可你知道海洋有多大吗？你知道海潮的力量有多大吗？这是一件根本没法实行的事情，斯奈德，你还是继续认真学成你的学业，这件事情就交给科学家们去做吧。"

失望之余，斯奈德却没有选择放弃。他花了 20 欧元做出最初的模型，虚拟出海洋环境，不断实验不断改进，虽然希望渺茫，但他觉得自己必须坚持去做这件事，因为，这不仅仅是一个梦想，这更是一种责任。

为了将梦想继续下去，斯奈德利用互联网不停宣传他的思想，希望得到别人的认可与帮助。互联网的力量是巨大的。2013年3月26日，斯奈德的网站突然得到了巨大的关注，一夜之间，成千上万的人打开了他的网站。来自全世界各地申请做志愿者的邮件源源不断地涌进他的邮箱，半个月时间他就筹到了八万美元，更是有无数人表示愿意加入他的团队。

2014年，斯奈德的海洋清洁项目工作室正式成立。这是一个100人的团队，其中有70人是工程师和科学工作者。他们动手做实验，研究水质，研究打捞上来的垃圾，并在2014年底在夏威夷的海中做了实验。试验表明，用斯奈德的方法收集海面垃圾，预计用十年时间就可以清理太平洋垃圾带一半左右的塑料垃圾，而清理每公斤垃圾的成本是4.5欧元，仅为现有清理海洋漂浮物垃圾成本的3%。

斯奈德的计划是在2016年将巨大的浮动壁垒布置到太平洋和大西洋几处旋转潮汐的地方，让废弃塑料自动地流入这个结构中，他还计划将收集的海洋垃圾进行分类再利用，将它们转化成石油以及其他的产品。

少年的梦想正在一步步实现，从最初外界的不以为然到如今的交口称赞，斯奈德显露出了与年纪不符的成熟。

他说："从我开始这个计划时，非议的声音便不绝于耳。你可以跟大多数人一样选择放弃，也可以试着去寻找解决方案，而我选择了后者，并一直继续了下去，仅此而已。"

第二辑

看世界：奋斗的楷模和成功的启示

现实生活中，人们往往只看到辉煌的结果，却忽视了辉煌结果后面所隐含的艰辛过程。好多人也只想得到辉煌的结果而不愿付出艰辛的劳动。都说台上一分钟，台下十年功。要想取得辉煌的成就，必须付出比常人更多的努力和劳动。我们不要只是羡慕别人的成绩或荣誉，而应该多了解别人的付出和艰辛。

甘当“斗犬”的大人物

1825 年 7 月 26 日，托马斯出生在英国一个教师家庭。因为家境贫寒，12 岁时托马斯离开了学校，但他凭借自己的勤奋，靠自学考进了医学院，后来他又进入矿物学院担任了地质学教授一职。

1859 年 11 月 3 日，达尔文的科学名著《物种起源》出版了。这本观点新奇、内容独特的著作一出版，立即在英国掀起轩然大波。有些人兴高采烈，拍手称赞；有些人恼羞成怒，暴跳如雷；更多的人则把它当成奇闻传说，到处宣扬。此时在英国科学界已获得一定声望的托马斯以极大的兴趣，一口气读完了这本书。他认为，尽管书中的某些细节还有待继续研究与探讨，但通篇而论，这部论著有着极宝贵的价值，是一本划时代的杰作，它必将引起一场科学思想的深刻革命。

兴奋的托马斯立刻给达尔文写信，告诉他自己将全力以赴地投入这场捍卫科学思想的大论战中去。他在信中说：“为了自然选择的原理，我准备接受火刑，我正在磨利牙爪，以备来保卫这一高贵的著作。”

很快，托马斯公开并郑重地宣布："我是达尔文的斗犬。"

1860年6月30日，进化论大论战的第一个回合在牛津大学面对面地展开了。以托马斯为首的支持者为一方，大主教威伯福士率领的教会人士和保守学者为另一方。面对威伯福士的恶毒攻击和挑衅责难，托马斯镇定自若。他首先用平静、坚定、通俗易懂的语言，简要地宣传了进化论的内容，然后辛辣尖锐地批驳了大主教的一派胡言，回敬了他们的无耻挑衅。威伯福士听得脸色铁青，自知在这场辩论中已败于托马斯，只得灰溜溜地提前退出会场。

但是，战斗远没有结束。在为宣传进化论而进行的几十年的斗争中，托马斯一直站在斗争的最前线，充当了捍卫真理的"斗犬"。

后世的人们如此评价，如果说进化论是达尔文的蛋，那么，孵化它的就是托马斯。

实际上，托马斯的贡献远不止此，他的一生都在不停地追逐与探索。他的巨著《天演论》奠定了现代生物学的基础，以他名字命名的奖章更是国际人类学的最高学术荣誉奖。

托马斯说，时间最公平，给任何人都是二十四小时；时间也是不公平的，给任何人都不是二十四小时，只有充

满欢乐与斗争精神的人们，才能永远带着欢乐欢迎雷霆与
阳光。

因为这样的人生信条，时间给予托马斯多彩的一生，
直至他 1894 年逝世。

同一年，一个叫阿道司的男孩在伦敦降生了。与托马
斯不同，他从小受到良好的教育，先后毕业于伊顿公学和
牛津大学，但命运还是在十七岁时展现了残酷的一面。一
次眼疾几乎让阿道司视力全失，流光溢彩的生活顿时消失
不见，就在这时，阿道司从托马斯的日记本上发现了一
句话。

在学习了盲文后，阿道司开始写作，并先后创作了许
多脍炙人口的小说，其中最脍炙人口的作品是《美丽新世
界》。这本科幻小说为他赢得了巨大的声誉并使他获得了文
学大奖。在领奖台上，他谈起了那句著名的话，并感谢了
亲爱的托马斯爷爷。

没错，托马斯正是阿道司的亲爷爷，两人还拥有一个
共同的辉煌姓氏，赫胥黎。（赫胥黎是英国著名的博物学
家，是第一个提出人类起源问题的学者。赫胥黎纪念奖章
是英国皇家人类学会为纪念这位人类学家于 1900 年设置
的，费孝通是获得这一奖章的第一位中国社会人类学家。）

用理想雕刻人生

1858 年，由于长时间高强度的脑力劳动，38 岁的赫伯特·斯宾塞的身体状况到了行将崩溃的地步，他不得不依靠鸦片获得短暂的休整。斯宾塞知道这无异于饮鸩止渴，但他已别无选择。

生活在那样一个科学发展日新月异的时代，与达尔文、赫胥黎等人成为朋友，一方面，斯宾塞深以为荣，但另一方面，心中也有深深的危机感。他认为自己若想跟上这个伟大的时代，就必须珍惜分分秒秒进行学习与创新，因为打造理想人生刻不容缓。

他开始了一个涵盖整个演变哲学和法律进展的大项目，夜以继日地投入工作之中。斯宾塞并不认为自己是在透支生命，他坚信，只有牢牢扼住命运的咽喉，自己才能在残酷的争斗中获取喘息之机，只有无休无止的宏大目标任务，才能让自己永远充满活力与生机。在这种信念指导下，1862 年，哲学巨著《第一项原则》出版了。斯宾塞因此书获得了国际声誉及高度尊敬，但没有人知道，他甚至连喘口气的时间都没有，就立刻投入了下一项课题的研究。

斯宾塞深深懂得惜时如金的道理。人生虽然漫长，但对一个对各种不同学科都有巨大兴趣的人来说却仍嫌短暂，所以斯宾塞并不满足这小小的成功，他更享受的是获取真理的过程。由于兴趣广泛，斯宾塞从未只是专注在一个领域进行研究，因为拥有丰富学识及很少专攻一科，反而使他的观点及著作容易得到大众理解并受到欢迎。

在马不停蹄的工作中，斯宾塞撑着虚弱的身体完成了一部部巨著，他的名字也在不同学科中闪烁出耀眼的光芒。哲学、生物学、法律、人文，斯宾塞奔走在一条充满困难与荣耀的道路上，乐此不疲。

1882 年，斯宾塞打破了自己不去教堂的惯例出席了达尔文的葬礼。面对好友的离去，他第一次有了洞彻人生的顿悟。在葬礼上，斯宾塞说，人生就是一块石材，要把它雕刻成神的姿态，或是雕刻成魔鬼的姿态，悉听个人的安排。

1902 年，82 岁高龄的斯宾塞被提名竞逐诺贝尔文学奖，次年，斯宾塞恋恋不舍地离开了人世，享年 83 岁。他在达尔文葬礼上说的那一句话，成为他一生的写照。正是因为用理想雕刻了自己的一生，斯宾塞才能在身体极度虚弱的情况下坚持奋斗数十年，并最终成为一代大师。

她这样成为传奇

1964 年 3 月，南美大国巴西发生了震惊世界的军事政变，民选总统古拉特被推下台并流亡国外。此后，政变军人们建立了长达 21 年的军权统治。但是，从政变发生的那一天起，巴西国内争取民主的抗争就从未停止过，就是在这时，年仅 16 岁的巴西少女迪尔玛跟许多人一样加入了地下反对斗争，并组织领导了一支游击队。

迪尔玛勇敢果断，富有谋略，年纪轻轻就表现出非同一般的组织与领导能力，虽然是女人并且刚刚成年，但她却在多次与军政府的抗争中获得胜利。为了追求自由与民主，迪尔玛始终抱有坚定的信念，即使在后来被捕入狱也从未改变过。

这就是迪尔玛成为传奇的起点。

迪尔玛出生于 1948 年，她的家庭在当时属于中产阶级，但良好的家庭环境并没有让迪尔玛成为娇柔顺从的小家碧玉。她从小就十分有个性，15 岁时便执意从私立学校辍学，因为她认为"这世界不属于年轻少女"。而迪尔玛对自己人生的定义便是要打破这一旧有观念。

在组织游击队的生活中，迪尔玛除了作战勇敢，还极具侠义精神。1966 年，她曾从州长的保险柜偷走 250 万美元，并在现场留下字条说"尽管这些钱是'偷'来的，但我们会把它用在正道上"。这铿锵有力的话语充分体现了迪尔玛胸怀天下的正义感与责任心。

1971 年，迪尔玛的游击队由于实力相差悬殊被政府军击溃，她被判入狱三年。在狱中，迪尔玛并未消沉下去，而是仍然坚持追求民主与自由的决心，同时，她也在思考自己未来的路。在重获自由后，迪尔玛意识到，自己的抗争如果仍然采取简单粗暴的方式也许会收效甚微，于是她改变策略，开始系统地学习政治理论，并在民间播撒民主的种子，为下一步的爆发默默积蓄着力量。

1985 年，在经过长达 21 年的不懈抗争后，民间的民主政治终于得以恢复，已开始研修经济学的迪尔玛加入了左翼政党，她卓越的政治能力得以体现。2001 年，迪尔玛加入了时任总统卢拉领导的劳工党。由于之前在能源部门工作的出色表现，她被委任为能源部长，并在 2005 年出任总统府办公厅主任。

就像所有的传奇一样，迪尔玛的路上总是充满各种坎坷。2009 年 4 月，她被诊断出患有初期腋羽淋巴瘤，她不得不暂停工作，对抗病魔。在经过五个月的斗争后她宣布自己痊愈并立刻开始工作。由于化疗，她的头发大量脱落，她不得不戴着假发出席各种会议。在哥本哈根环境大会上，代表巴西出席的迪尔玛以一头黑色的自然秀发示人，早已经历过人生大风大雨的她还不忘对媒体调侃说：这才是最自然的假发。

不久，迪尔玛高调宣布自己将参与下届巴西总统的竞选。

事实上，迪尔玛在此前的巴西政坛并不耀眼，她从没当选过任何政党领袖，甚至对于近两亿巴西民众来说仍是张比较陌生的面孔，但是在她的 10 分钟竞选广告播出之后，她就迅速得到了大约50%的支持率。

在竞选广告中，巴西时任总统卢拉毫不讳言地表达了对迪尔玛的支持与尊重，此时的迪尔玛除了仍然具有侠义的精神，身上还散发出一种亲切自然的母性气息，以至于巴西总统卢拉公开称她为"巴西的母亲"。

迪尔玛的支持者主要来自底层民众，这得益于她超乎寻常的亲和力。在巴西最著名的贫民窟的民众表示，他们将支持62岁的女候选人迪尔玛，"她是总统卢拉提名的候选人，并且被卢拉称作巴西的母亲，这是一个多么伟大的称呼"。一名在贫民窟经营面包店的店主也表示："我支持迪尔玛，我们了解了她的传奇经历，相信她将会延续卢拉的执政方针，并且一定会做得更好。"

巴西环球电视台 2010 年 10 月 10 日公布的最新民调显示，迪尔玛的支持率高达 50%，而来自巴西社会民主党的对手若泽塞拉仅获得 27% 的支持，其余几名候选人则分享了剩余支持率。环球电视台预计，在总统选举中，如计入空白选票、无效选票等因素，迪尔玛的支持率可能会达到占有压倒性优势的 56%，从而使总统选举一轮定胜负。

很快，她就达到了自己传奇一生的巅峰，成为巴西历史上的第一位女总统，她的名字叫作迪尔玛·罗塞夫。

雨果剃发拒客

1830 年 10 月，28 岁的维克多·雨果创作激情高涨，每天夜以继日地赶写一部新作品，生怕灵感从身边溜走。但是，令雨果极其烦恼的是，每天都会有许多邀请函不期而至，盛情邀请他参加各种酒会和典礼。

雨果出身于贵族家庭，从小便被冠以神童称号，九岁写诗，20 岁出诗集，并曾接受过国王路易十八的赐金，是巴黎上层社会中的名人。人们都以能宴请到雨果为荣，这也让雨果左右为难，生怕拒绝了某一家族而得罪了人。

有一天，雨果实在被这些无聊的聚会烦透了，他正在创作的作品此时正进入攻坚阶段，生怕受到一丝打扰。雨果开始思考，如何能找到一个理由从无休止的社交活动中脱身呢？看着面前的作品手稿，他突然从中悟到了一丝灵感。

次日清晨，又有一些人进入雨果的住所，为他送来精美的邀请函。但是，当大家看到面前的雨果时，都不禁大吃一惊。只见雨果茂密的长发与胡须都被整整齐齐地剃掉了半边，样子滑稽无比。

雨果愁眉苦脸地对来人说："真是对不起，昨天晚上在刮胡子和剃发时，因为心不在焉，理发师剃掉了我一半头发和胡子，变成了现在这个样子。作为一名贵族，这样还真是出不了门啊！所以，这次酒会请原谅我无法出席了。我想，要想让头发和胡子长成原样，最少还需要三个月的时间。"

众人看着雨果的样子，纷纷表示同情，然后告辞而去。很快，雨果因为发型古怪而无法出门的消息传遍了巴黎的上层社会。渐渐地，再也没人来邀请雨果参加社交活动了。

此时，雨果终于可以心无旁骛、全心全意地投入到文学创作中去了。三个月时间，雨果足不出户，终于完成了洋洋洒洒的鸿篇巨制《巴黎圣母院》。阅读过这部浪漫主义经典巨著的人一眼便可看出，雨果剃发拒客的创意正是源自钟楼怪人卡西莫多的经典形象。

为实现心中的理想，让笔下的作品更加完美，雨果宁可自毁形象，放下所谓的贵族尊严，换取宝贵的创作时间与环境，这正体现了作家一往无前追寻梦想的执着与智慧。我想，这也是每一个正在追寻梦想的年轻人所应当思考与学习的。

善待那些"垃圾"

1973 年的春天，美国缅因州一所破旧的房子里，女主人妲碧莎从家里的垃圾堆中捡到了担任中学教师的丈夫遗弃的一沓旧稿。她知道丈夫一直酷爱文学，每天的闲暇时间都要进行创作。但是，虽然创作很勤奋，作品却一直不被认同。家庭经济状况的窘迫让丈夫感到愧对家庭，他决定放弃写作，用节省出的时间再做几份兼职以补贴家用。作为妻子，妲碧莎深知丈夫极有文学天赋，她并不希望丈夫就此放弃写作。

妲碧莎打开手稿，很快便被吸引住了。小说情节非常精彩，但结构上略显粗糙，显然在创作过程中作者有些操之过急。妲碧莎意识到，这部作品或许会有不错的出版机会，于是极力劝说丈夫润色一下，拿到出版社再去试试。丈夫勉强同意了，他根据妻子的意见修改了手稿，并将它寄给了全美最具权威性的双日出版公司。

事实上，丈夫对这篇曾四处碰壁的作品并不抱什么希望，他写作的灵感与热情已在一次次退稿中消失殆尽了。把书稿寄出后，他立刻马不停蹄地开始四处打零工补贴家用。为了家人的生活质量能更高一些，他不得不接受那些并不喜欢的工作。

但现实总是非常残酷，由于妲碧莎要照顾年幼的孩子无法工作，这个四口之家巨大的花销很快便令家庭收入捉襟见肘。不得已，妲碧莎和丈夫采取了一系列措施，包括卖掉写作用的书桌，处理剩余的稿纸，取消电话的拨出功能只保留不收取费用的接听功能等。

生活在艰难中继续着，一个月后的一天，家中的电话突然响了起来。丈夫无奈地拿起话筒，心中思忖着该如何搪塞那个三番五次催讨水电费用的工作人员。出乎意料的是，一个低沉的男声响起了："你好，我是双日出版公司，您的作品我们已经决定出版，我们的预付定金是 2500 美元，如果您同意，我想我们可以坐下来谈一谈。"

丈夫放下电话，仍然激动得无法相信这一切。在几乎山穷水尽之时，文学之门终于向他打开了，而 2500 美元的巨款也足以帮助家庭渡过难关了。

这本书的名字叫作《魔女嘉莉》，作者就是鼎鼎大名的现代恐怖小说大师斯蒂芬·金。后来该书的平装书版权卖出了 40 万美元，斯蒂芬·金拿到了一半，这相当于他教书 31 年的收入。这部从垃圾堆中捡出的手稿让他一举成名，从此他辞掉中学教师的工作，成为职业作家。时至今日，他已成为世界上读者最多、声名最大的美国小说家。他的每一部作品，都成为好莱坞制片商的抢手货，他也成为全世界作家中首屈一指的亿万富翁。

试想一下，如果那份埋没在烟灰与纸屑中的书稿没有被妲碧莎拣出来，斯蒂芬·金或许早已放弃了写作，成为一名庸碌的小职员。

事实上，任何领域内的成功人士都曾遇到过类似的情形，大量的心血付出没有获得回报，努力的成果被扔进了垃圾堆，同时被扔掉的，还有一颗执着追求的上进之心。因此，如果你渴望成功，就请善待那些"垃圾"，并认清它真正的价值所在。

他是月球上的一座山

1304 年，白图泰出生于摩洛哥丹吉尔的一个柏柏尔人家庭。20 岁时，他出发前往麦加朝圣，令他始料未及的是，从此他踏上了一条长达七万五千英里（1 英里约合 1.609 千米）的传奇之旅。

首先，他沿着北非海岸旅行，穿过摩洛哥、阿尔及利亚、突尼斯、利比亚和埃及，到达开罗。在路上，他遇到了一位"圣人"，这个人预言他除非先去叙利亚，否则永远到不了麦加。于是，白图泰决定先去大马士革，在大马士革度过斋月后，他顺利抵达了麦地那和麦加，完成了朝圣。

此时，已经迷上旅行的白图泰认定了自己一生的使命，他决定不再回家，而朝下一个目的地——当时在伊儿汗国统治下的巴格达前进。

白图泰穿过沙特阿拉伯境内的茫茫沙漠，抵达了巴士拉，然后他转向东北，朝圣了圣地伊斯法罕，再折回西南，经过设拉子、纳杰夫，抵达巴格达。

随后，白图泰暂时回了一次家，但他无法满足于定居生活，很快再一次踏上旅程。这次他首先沿红海南下，经过埃塞俄比亚，到达也门，然后借助季风沿东非海岸一路往南，相继访问了摩加迪沙、蒙巴萨、桑给巴尔和基尔瓦。随着季风转为南风，白图泰往北回到了亚丁，然后他又向北访问了阿曼，直到到达霍尔木兹海峡。

这时，德里苏丹听说了白图泰的故事，决定邀请他前往德里。白图泰于是从黎巴嫩海岸出发，搭乘一艘热那亚船，抵达土耳其港口阿兰雅，从那里，他穿过整个安纳托利亚，到达黑海海港细诺普，然后搭船穿过黑海，抵达克里米亚的卡法港。从卡法出发，他一路往东穿过草原，在这一段旅程中，他遇上了金帐汗国大汗月即别，随后他到达了伏尔加河边的首都萨莱。1332年底，白图泰抵达君士坦丁堡，见到了东罗马帝国皇帝安德洛尼卡三世。这是他第一次旅行到非伊斯兰城市，索菲亚大教堂的宏伟令他赞叹。完成任务之后，他回到阿斯特拉罕，向月即别大汗道别，然后动身渡过里海，穿越中亚的草原，经过咸海，抵达撒马尔罕和布哈拉。在那里，他找到了翻译和向导，向南经过今日的阿富汗，进入了德里。

德里苏丹国刚刚经历过一场叛乱，苏丹非常急于招揽熟悉伊斯兰教法的人才，白图泰在麦加居住多年，富有学识，于是被任命为法官。但苏丹喜怒无常，白图泰有时生活在宠幸之中，有时又被猜疑笼罩，因此他决定离开。这时恰好苏丹要派人出使中国，白图泰立刻自告奋勇，但这一次的旅途却充满了难以想象的艰辛。

一出发，白图泰一行就遭到了印度教信徒的袭击，几乎丧命。在到达南印度的港口古里之后，出航的船队尚未出发便遭风暴。三艘船中两艘沉没，第三艘被迫启航。两个月后他们被苏门答腊岛的统治者擒获，白图泰仓皇逃出，流落马尔代夫。

在马尔代夫，白图泰找到了一艘来自中国的船，并顺利经过马六甲海峡，沿着越南海岸北上，最后到达元朝南中国的主要港口泉州。从泉州出发，他又去了杭州，并沿着京杭大运河一直北上去了北京。在遥远的中国，白图泰终于有了思乡情结，决定要回家。但是，他已经无法确定哪里是自己的家了。

当白图泰经过千辛万苦终于回到丹吉尔时，距离他离开已经 25 年了。摩洛哥苏丹派了一位学者调查白图泰，这位学者记录下白图泰的叙述，将其命名为《白图泰游记》。

白图泰 1377 年逝世后葬于丹吉尔，他生前足迹几乎踏遍了当时伊斯兰世界的每一个国家，在蒸汽时代来临之前，他是世界上旅行路程最长的人。

谈及自己的一生，白图泰的遗憾溢于言表，他说，我一生最大的梦想，是在死后，真主安拉能带我登上那遥远的月球。

白图泰的灵魂有没有登上月球，人们无从知晓，但是，每个立志游历世界的旅行家都知道，月球上那座最大的环形山名字就叫白图泰，它安放的正是白图泰那不羁的游历之魂。

爱因斯坦的镜子

在生活与工作中，每个人都需要一面镜子。这面镜子能够客观反映我们的优缺点，让我们认清自身，避免陷入浮躁，少犯错误。但是，这面镜子并不是那么容易得到的。

唐太宗曾有一句名言：以铜为镜，可以正衣冠；以古为镜，可以知兴衰；以人为镜，可以明得失。他为我们提供了三面镜子，第一面很容易获得，但却用处最小；第二面很有教益，却并不适用于每一个普通人；第三面镜子是最有用的，但这个作为镜子的人却很难找到。试想一下，即便是身为皇帝的唐太宗，也常常感叹能得到像魏征那样的镜子是可遇而不可求的，我们这些普通人又怎能轻易找到这样一个人呢？

其实，这个问题并不难解决。有一个非常著名的关于爱因斯坦的故事。

爱因斯坦小时候十分贪玩，他的父母担心他因此耽误学业，于是父亲给他讲了一个故事。

爱因斯坦的父亲说："我和邻居杰克大叔清扫南边工厂的一个大烟囱。那烟囱只有踩着里边的钢筋踏梯才能上去。杰克大叔在前面，我在后面，我们抓着扶手，一阶一阶地终于爬上去了。下来时，杰克大叔依旧走在前面，我还是跟在他的后面。后来，钻出烟囱，我发现一个奇怪的事情：你杰克大叔的后背、脸上全都被烟囱里的烟灰蹭黑了，而我身上竟连一点烟灰也没有。"

说到这里，爱因斯坦的父亲笑了，他说："我看见你杰克大叔的模样，心想我肯定和他一样，脸脏得像个小丑，于是我就到附近的小河里去洗了又洗。而你杰克大叔呢，他看见我钻出烟囱时干干净净的，就以为他也和我一样干净呢，于是只草草洗了洗手就大模大样上街了。结果，街上的人都笑痛了肚子，还以为你杰克大叔是个疯子呢。"

爱因斯坦听罢，和父亲一起大笑起来。父亲笑完后郑重地对他说："其实，别人谁也不能做你的镜子，只有自己才是自己的镜子。拿别人做镜子，白痴或许会把自己照成天才的。"

爱因斯坦听了，顿时满脸愧色，从此他时时用自己做镜子来审视和观照自己，终于成为人类历史上最伟大的科学家。

这个故事解答了我们心中的疑问：其实，最好的镜子就是自己。只有以己为镜，常常自省与审视，才能真正地认清自己，从而更好地生活与工作。

从石头中找到一匹马

1847 年 10 月的一天，七岁的法国男孩奥古斯特一个人在巴黎街头郁闷地闲逛着。因为学习成绩很差，他刚刚被父亲狠狠训斥了一顿。由于家境贫穷，他的姐姐主动放弃了学业，把学习的机会让给了他，但他却只喜欢美术课，其他功课根本学不下去。

奥古斯特一边走一边想，是否该申请退学呢？他胡思乱想着，竟然忘记了看路，突然"砰"的一声撞在了一个人身上。

奥古斯特连忙说："对不起！"可那人却没有说话。奥古斯特抬起头，只见一个满脸胡子的人浑身都是石屑，手里拿着一把奇形怪状的刀，正盯着一块很大的石头呆呆看着，似乎根本没有注意到刚才有人撞到了他。

　　奥古斯特非常奇怪，好奇心让他暂时忘记了心中的郁闷，他站在一旁看着这个怪人。过了一会儿，那人突然走到石头面前，拿起手中的刀凿了起来。奥古斯特更加奇怪了，他心想：这个人在一块大石头里找什么呢？

　　那一天，奥古斯特看了很久，直到黄昏的时候，那人才注意到有个小男孩一直在旁边看着他。那人微笑着介绍自己名叫荷拉斯·勒考克，奥古斯特问他在石头中找什么，荷拉斯却只是微笑不说话。

　　从此后，连续三天奥古斯特都会来看荷拉斯凿石头，但他始终看不出荷拉斯在寻找什么。三天后，因为学校开学，奥古斯特不得不回到学校，但他一直记挂着荷拉斯，两人已经成了朋友。奥古斯特对荷拉斯说自己要回去上学时，荷拉斯一脸神秘地对他说："你去上学好了，一个月之后，你再次放假的时候来到这里，你就会看到我在石头里找到了什么！"

　　从此后，奥古斯特虽然每天在学校上课，但他的心却飞到了荷拉斯身边。他无时无刻不在想，荷拉斯会在石头中找到什么呢？

　　一个月之后，奥古斯特迫不及待地赶到了遇到荷拉斯的地方，荷拉斯已经不在哪儿了，但他看到原来放大石头的地方竟然站立着一匹非常漂亮的石马。那匹马身高马大，栩栩如生，奥古斯特被深深吸引住了。他想，原来，荷拉斯是在石头里寻找这匹马啊！

奥古斯特正呆呆看着，突然有个人抚摸着他的头说："小家伙，这匹马漂亮吗？"

他回头一看，正是荷拉斯。但荷拉斯的胡子已经剃光了，穿着一身笔挺的西装，显得很有气质。

奥古斯特说："它可真漂亮，没想到，石头里居然藏着一匹马。"

荷拉斯大笑着说："小家伙，你也可以做到的，我知道你喜欢画画，但是画画只能把马放在纸上，不能让它奔跑起来，跟我来吧，也许有一天，你会在石头里找到一个新的世界。"

荷拉斯到奥古斯特家里进行了拜访。原来，荷拉斯是巴黎美术工艺学校的雕塑教师，经过他的劝说，奥古斯特很快转学到了他所在的学校。在这里，奥古斯特如鱼得水，他充分发挥了自己的天赋，很快成为雕塑专业的佼佼者。

奥古斯特的全名是奥古斯特·罗丹，他被称为欧洲两千多年来传统雕塑艺术的集大成者、20世纪新雕塑艺术的创造者。但是，如果没有这匹从石头里找到的马，或许他的一生只能庸碌无为。其实，对于我们每个人来说，我们都需要寻找到这匹马，因为它指引着我们一生的方向。

从零开始最"给力"

刘玉栋的家庭，和其他农村家庭一样：贫穷、兄弟姐妹多。1987 年，只有 16 岁的刘玉栋，刚刚初中毕业就孤身一人来到济南"打天下"。

他没什么手艺，找个工作异常难，而且身无分文，最后只能跟着一个师傅学修理自行车。他的想法很纯朴：艺不压人，学点手艺，以后能混口饭吃。

他白天在店里修自行车，晚上到自行车厂去装自行车，工作虽然辛苦，但收获很大。两年多的学徒，他居然挣了两万元。一个不到 20 岁的年轻人有了两万元，在那个时候是非常少见的。

这时，他面临着选择：是回家盖房子结婚，还是继续在城里干活？在农村，男孩一般 20 岁就要结婚了。父母也劝他回去，但他最终还是违背了家人的意愿，在济南大厦附近租了一个门头，专门修理自行车。

当时来修理自行车的人大多喜欢吸烟和喝酒，细心的刘玉栋看到这一商机，就从别处买来一些烟酒放在店铺里辅助经营。没想到，这竟成了他做酒类代理的起点。

卖酒时间长了他感觉从别人那里进货成本高，头脑灵活的他便把眼光盯到了代理上。但是做代理谈何容易，谁也不会把大批量的货放给一个只有 19 岁的年轻人，而且，当时许多酒厂都有专门的代理，酒厂对一车两车的货也不在乎，再说他没有多少资金，实力不行。

胆大的刘玉栋带着一万元钱，来到了当年畅销的兰陵白酒酒厂。厂长毫不商量地把他拒绝了。但刘玉栋没有气馁，他说："你不卖酒给我，我就不走。"

厂长见刘玉栋这么执着，便给了他一个看似不可能完成的任务，让他回收十万个酒瓶。没想到刘玉栋当了真，他跑遍了整个济南收酒瓶，甚至跑到周边县市，三个月时间，竟然真的集齐了十万个酒瓶。厂长没有失信，把酒卖给了他。

"想做的事，就要不惜代价去做，应该把困难当作机遇，当作锻炼的机会。"现在，刘玉栋还庆幸自己的坚持，"这与我在农村生活养成的勤奋、努力习惯分不开。"

1992 年，在得知美国两家洋行开始从事可口可乐、德芙等产品中国代理贸易后，21 岁的刘玉栋跑到北京与这两家洋行谈判，要求在济南代理经销"洋牌子"。精明加上努力，刘玉栋如愿以偿。

后来，他又陆续代理了费县老白干、景芝白干、泰山特曲等山东的白酒。到了 1994 年，公司每年的销售额达到上百万。刘玉栋完成了原始积累。

但更大的动作还在后面。2002 年 10 月，刘玉栋联手泸州老窖，开发了泸州老窖"古酿""窖藏"两个系列共二十多个新产品，并取得其全国独家代理权，在全国各主要省市设立分公司，建立了自己的销售渠道和物流配送网络，形成了以济南为中心，依托山东、辐射全国的市场布局。

2010 年，刘玉堂已是茅台、五粮液、泸州老窖、郎酒等 50 多个著名品牌、2000 多个单品的济南代理商。不过，这并没有让他满足。他说："我还要做外国名酒的中国区总代理，让中国老百姓与洋酒真正实现亲密接触。"

从一贫如洗到今天旗下公司年销售额几个亿，刘玉栋说，谁说一无所有就创不了业，其实，从零开始才最给力，因为一无所有，所以才能承受所有的挫折与困难，才能激发出令人难以想象的力量。

洒一滴泪水在尘世

20 世纪 60 年代的一天，在美国纽约繁华的大街上，一位男子蜷缩在墙角。他破衣烂衫，蓬头垢面，没有任何东西能标明他的身份。他的面前甚至没有一只破碗，他目光低垂，注视着形形色色的脚从面前走过。有时，一些脚会在他的目光下稍作停留，有时也会有一两张钞票飘落眼前，但是，停下来与他说一句话的人却始终没有一个。

他身边有一个大水壶，渴了就喝上一小口；他怀中有一块大饼，饿了就取出来掰下一块，放在嘴里咀嚼良久。没有人知道，他是怎样来到了这个繁华之地，又怎么占据了这阴暗的一角。

只有他自己知道，自己是在等一个人。

这个人是谁？这个人是否会出现？这些问题并不重要，但他觉得，在这个城市，一定会有这么一个人。

有一天，一个人来到他的面前，告诉他，因为他占据了公共街道，将被驱逐出城市。听了这句话，他突然抬起了一直低垂的头。那人被他明亮的目光吓了一跳，木讷地离去了。接下来，他占据的角落被安置了一个大大的垃圾箱，每天都有人把垃圾扔进垃圾箱里，隔上几天，会有人把垃圾收走。收走垃圾的就是那个木讷的人，他是第一个对他说话的人，但却并不是他要等的人。

第二个与他说话的人是一个扔垃圾的女人。女人穿着一双足有十厘米高的高跟鞋，走起路来嗒嗒作响。女人看到了他面前的水壶和怀中的大饼，对他说："水和饼都快没有了，你还是离开这儿吧，再去找些水和饼来。"他抬起头来看着女人，女人同样被他明亮的眼光吓了一跳，扔了垃圾便匆匆离开了。但是，过了一会，女人又拿着一些水和食物返了回来，她放下水和食物，便转身离开了。他默默地收下水和食物，眼神中有一些东西开始变幻不定，但他知道，这个女人不是他要等的人。

虽然要等的人没有出现，但四季轮换仍在不知疲倦地进行着。由春到夏，由秋到冬，他在恶臭的垃圾味道和女人的接济中艰难度日。

终于，在冬季最寒冷的那一天，一双小巧的粉红鞋子停在了他的面前。一个黄鹂般清脆的声音响了起来："您好，要下雪了，你很冷吧？"他抬起头来，一个清秀的小女孩带着一脸关切出现在他的面前。小女孩问："很久之前，我就看到你了，你是在这儿等人吗？"

听了小女孩的话，他的眼神明亮了起来，他笑了，说："是啊，你怎么知道我在等人？"

小女孩说："你一直在偷偷看每一个走过的人，所以，我想，你是在等人。可是，我不知道你在等谁。今天非常冷，我担心你冻坏了，就拿了一些衣服来。"说着，小女孩像变戏法一样，从身后取出一个大包裹，从里面取出一些厚厚的衣服。

他这才注意到，女孩额前的头发上有汗渍，在严寒的天气中，这些汗渍结着细小的冰碴。看得出来，女孩为拿包裹费了很大力气，与此同时，女孩衣服领角上的一行字吸引了他的目光。那是一行整齐的英文字母：orphanage（孤儿院）。看着不停忙碌的小女孩，他的眼神终于不再咄咄逼人，另一种光亮开始在眼眶中闪烁。

那是眼泪，奇怪的是，当他的眼泪滴落在冰冷的大地上时，并没有迅速消失，而是迅速凝结成了珍珠般的晶莹水滴。随即，他站起身来，抱起小女孩，离开了这个角落。

他叫库里，33 岁的他以乞丐的形象出现。这之后，他成了一名演员，曾与多名大牌明星同台演出。但是，在银幕下，他还是经常以乞丐的样子出现，并用乞讨来的钱赞助公益机构。

他说："最初做乞丐，源于我对自己名字的困惑，更重要的是，当时，我性格叛逆，又四处碰壁，对生活丧失了兴趣，不知道路在何方。我想，如果小女孩一直没有出现，或许，我就会冻死或是饿死在大街上了。我想说的是，是她让我不由自主地流下了泪水，这就是解开我心中死结的最佳方式。"

事实上，库里遇到的三个人我们每个人在一生中都会遇到：第一个人，是生活的规则；第二个人，是生存的法则；第三个人，是生命的真谛。我们可以无视生活的规则，可以变更生存的法则，但是，我们无法不跟随第三个人而去。因为只有生命的真诚与关爱才能凝结出晶莹的泪水，而将这滴泪水滴洒在迷蒙的尘世中，便足以照亮整个世界。

在黑暗中更要飞翔

美国人汤米·卡罗尔是一个不幸的人，两岁时，他被查出患有视网膜母细胞瘤。这是一种起源于胚胎视网膜细胞的恶性肿瘤，危险程度极高，如果发现与治疗不及时，轻则导致失明，重则致死。

虽然家人尽全力对卡罗尔进行了救治，避免了肿瘤的扩散，但还是没有保住他的双眼。两岁半时，还没有看清这个世界的卡罗尔永远堕入了黑暗，他对世界的认知也变成了漆黑一片。

黑暗的世界一度让卡罗尔变得胆小畏缩，他不敢出门，不敢与人交流，终日待在家里。卡罗尔的母亲是一位教师，她深知儿子如果一直这样下去，人生必然会在一片黑暗中黯然收场。她开始观察卡罗尔的兴趣所在，并鼓励他以积极的心态去重新感受这个世界。

母亲发现，卡罗尔的听力非常敏锐，特别喜欢听故事，而且卡罗尔四肢的协调能力非常好，他特别喜欢捣弄一些小玩具，把它们拆开又装好，特别是一些有轮子的玩具让卡罗尔爱不释手。

为了让卡罗尔变得坚强自信，母亲每天都会给他讲一个故事。她专门挑选一些励志的童话和名人故事，鼓励卡罗尔乐观地面对自身的缺陷，自信地面对未知的人生。慢慢地，卡罗尔走出了自闭与恐惧，变得阳光起来，他还学会了一些简单的手工，会自己制作一些好玩的玩具。

六岁那年，为了让卡罗尔得到更好的教育，卡罗尔一家从伊利诺伊州搬到了芝加哥，在这儿有更好的盲童学校。进入盲童学校后，卡罗尔很快脱颖而出，他不仅成为尖子生，还成为校体育协会的小会长。

卡罗尔十岁时在学校的比赛里获得了短跑冠军，为了奖励他，老师送了他一个神秘的礼物，那是一个由四个小轮子和一块有弧度的平板组成的东西。老师告诉他，这个东西叫作滑板，踏上它，就能让自己飞起来。

老师的话深深打动了卡罗尔。对于一个生活在黑暗中的孩子来说，体验飞的感觉是一种无法言喻的诱惑，他下定决心要学会滑板。当他把这个决定告诉父母时，父母震惊了，但很快，他们就表示了对他的支持。母亲抱着他说：

"我的孩子，这是个困难的决定，但我们相信你一定能成功。"

从此后，卡罗尔开始苦练技术。这是个极其艰苦的过程，因为对正常人而言，玩好滑板都不是件容易的事，更何况他是个双目失明的人。由于看不到方位，卡罗尔只能根据滑轮的声音变化来判断方位。他第一次上滑板便磕掉了一颗牙，膝盖也摔出了血，但坚强的卡罗尔很快便重新踏上了滑板。在高速运动中保持身体平衡是一件非常困难的事，卡罗尔已记不清自己摔倒了多少次。最严重的一次，他的左小臂骨折让他整整住了一个月院，但卡罗尔并没有放弃，他把每次摔倒都当作一个重要的练习机会，汲取经验教训，每一天都取得新的进步。

5 年后，卡罗尔终于熟练地驾驭了滑板，他能根据滑轮的声音判断路上是否有障碍并调整方向，并能完成一些高难度的动作。每天清晨，人们都会在距学校最近的一个公园里看到在滑板上快乐飞翔的卡罗尔。

虽然用了大量精力来学习滑板，但卡罗尔并没有放松学习。2011 年，他顺利考入了美国西北大学，成为新闻专业的学生。上大学后，卡罗尔成立了滑板俱乐部，把自己的技巧和经验无私地传授给了那些对滑板运动感兴趣的同龄人。

后来，有人将卡罗尔玩滑板的视频放在了互联网上。视频中，卡罗尔戴着头盔，身穿运动服、牛仔裤，脚蹬球鞋，绑着护肘和护膝，神态镇定自如地操控滑板，完成了各种高难度动作，完全看不出他是一个双眼失明的人。

这段视频很快引起了全世界网民的热捧，短短三周，点击量已超过了50万次。网民们在惊呼不可思议的同时，也纷纷表达了对卡罗尔的尊敬与赞美。

面对外界一致的赞誉声，卡罗尔却十分冷静，他坦言，正是身体的缺陷让他有了练习滑板的动力。他说："有人打击我，认为我不可能学会玩滑板，说'那如同自杀'，我对此置若罔闻。我的父母和老师一直很支持我，我也相信自己一定能成功。我想，如果你真的想做成一件事，总能找到战胜困难的办法。看吧，我做到了，而且做得很好！"

龙套只是刚刚开始

提起葛行于的名字，或许大家会感到很陌生，但提起曾热播的电影《西游降魔篇》中悟空的真身，那个号称史上最邪恶的孙悟空，你一定会印象深刻。没错，12岁的葛行于就是悟空真身的扮演者，他惟妙惟肖的肢体表演再加上黄渤的配音，成就了这个极有颠覆效果的齐天大圣。

葛行于是个苦孩子。2000 年，他出生于安徽的一个小村庄里，两岁时父亲去世，随后母亲离家出走，留下小行于和爷爷相依为命。穷人的孩子早当家，小行于很小时就学会了照顾自己，还能干一些简单的农活。爷爷看他身体强壮喜欢运动，就让他去村里一个武行学武术，希望他能练出一副好身板，以后能有口饭吃。

葛行于知道爷爷送自己学武并不容易，不高的费用已经让家中捉襟见肘，所以，他格外珍惜这个机会，每天都会反复练习。很快，他的武技便有模有样了。

爷爷看到葛行于是块学武的料，心里很高兴。起初他只是想让小行于练好身体，但看到小行于进步神速之后，就有了别的想法。当时，学武的出路并不多，一是进入专业队，系统训练参加比赛，但是费用非常高昂；二是进入武行，在舞台上唱戏或是拍影视剧，这条路花费不多，但很艰苦，而且成功的概率很小。

就在爷爷犹豫之时，同村的一位亲戚找上门来。这位亲戚并不简单，他在号称"东方好莱坞"的横店影视城当"横漂"。所谓"横漂"，就是指在横店参加影视剧拍摄的外地人士。在横店每年大约拍摄 50 部电视剧，需要大量群众演员。这位亲戚看到葛行于身手灵活，而且面部表情很丰富，觉得他去当"横漂"一定能挣到钱，便找上门来。

爷爷思前想后，决定把葛行于托付给这位叔叔。从此，葛行于踏上"横漂"之路。初到横店，年幼的葛行于便感到了现实的残酷，原以为拍戏好玩的他经常因为一个动作、一句台词不到位而被训斥，好几次累到筋疲力尽却没有拿到报酬。但是，倔强的他没有放弃，他开始思考如何演戏，并用心向老演员学习。渐渐地，他学会了如何入戏、如何摆姿势、如何说台词，再加上他身手敏捷，不怕吃苦，渐渐在横店站稳了脚跟。

由于是未成年人，葛行于在影视表演中有着独特的优势，常常有剧组主动来找他。但作为一名群众演员，他的名气仍然只限于小范围内，挣的钱也不多。自小吃苦的葛行于已经很满足了，因为，他可以用这些钱来供养已年迈丧失劳动能力的爷爷，还能参加一些武术比赛。在泰州国际武术比赛中，他先后获得自选拳和地毯拳少年组的全国冠军。

2011 年，周星驰的《西游降魔篇》剧组来横店选演员。葛行于凭借扎实的武术功底和表演功底一举入选，而且，这一次，他并不算是群众演员，而是一人分饰两角。一个是舒淇除魔团队里唯一的孩子，另一个角色，就是堪称全片最大的"反派"——妖王之王孙悟空。影片拍摄时正值酷暑，葛行于要化浓妆套上厚厚的衣服完成大量高难度动作，这对于一个 12 岁的孩子来说无疑有些残酷，但他硬是咬着牙坚持了下来，让周星驰和整个剧组都十分满意。

《西游降魔篇》上映后好评如潮，众多的群众演员一炮而红，葛行于作为最大的"龙套"也引起了广泛注意。他的片约不断，这个 12 岁的"草根横漂"也像他饰演的齐天大圣一般走上了一条汗水铺就的成功之路。

面对媒体采访，葛行于冷静地说，不论演戏多么忙，自己还是希望能好好完成学业，以后考大学，当个有文化的人。说这番话的时候，这个一脸稚气的 00 后语气平静目光坚定，骨子里散发着自信和倔强。他的经历让我们相信，用苦痛与艰辛浇灌出的花朵一定会开得最美，也一定会结出最丰硕的果实。

生日蛋糕上的辞职信

31 岁的克里斯·霍姆斯是英国斯坦斯特德机场边防部的一名移民官员，虽然他每天都兢兢业业地工作，但在内心深处，他却并不喜欢这份工作。移民官员工作虽然固定而且收入不菲，但却缺少创造性，这让个性开朗的霍姆斯很不适应。事实上，他一直有一个梦想，那就是成为一名蛋糕烘焙师，制作出各种各样漂亮并且好吃的蛋糕。

这个梦想源于他童年时对蛋糕的喜爱。在剑桥郡出生长大的霍姆斯几乎尝遍了全郡所有的蛋糕店里的蛋糕，那些千奇百怪的美味蛋糕伴随着他的成长。成年之后，霍姆斯进入大学攻读工商管理学，但他一直利用业余时间学习烘焙，梦想着有一天能够亲手做出美味的蛋糕。

2005年，23岁的霍姆斯大学毕业进入机场边防部成为一名移民官员。领到第一笔薪水之后，他立刻购置齐全所有制作蛋糕的设备，在精心准备之后，他烘焙出了自己的第一个蛋糕。当飘着淡淡香味的金黄色蛋糕出炉时，霍姆斯内心的喜悦简直无法言喻。相对于成为一位移民官员，对于他来说，制作蛋糕的喜悦显然要远远大于前者，

在以后的日子里，霍姆斯一面工作一面继续制作蛋糕。渐渐地，他的烘焙技术越来越高，制作的蛋糕不仅十分精美，味道也非常可口。朋友同事纷纷找他制作蛋糕，许多蛋糕加工店也找到他，希望他能兼职到店中制作蛋糕。

此时，霍姆斯有了辞去工作当全职蛋糕烘焙师的念头。但他这个想法却遭到了家人朋友的一致反对。因为移民官员的工作薪水不菲并且受人尊敬，在英国是有"绅士"范儿的工作，而蛋糕烘焙师的社会地位则要低上很多。霍姆

斯陷入了焦虑之中，一边是美好却不被祝福的理想，一边是呆板却受人推崇的现实，他不知道应该何去何从。

2013年2月，霍姆斯的儿子出生了，可那段时间霍姆斯却因为工作繁忙无法照顾家庭，这让他非常懊恼。有一天，工作很晚的霍姆斯回到家里，看着褓褓中的儿子睁着大眼睛好奇地盯着自己，他突然想起自己童年时就许下的愿望，刹那间，他有了决定。

4月15日是霍姆斯的生日，这一天，他早早就起床开始为自己制作生日蛋糕。这是一个具有非凡意义的蛋糕，因为，霍姆斯决定把自己的辞职信写在蛋糕上面。下午，他把制作好的蛋糕寄到了斯坦斯特德机场边防部的管理处。

管理处的官员打开包装盒，看到了这个别具一格的白色冰皮蛋糕。蛋糕散发着甜甜的奶香，上面写着一封特殊的辞职信：今天是我的31岁生日，最近我刚刚当了父亲。我意识到人生是多么珍贵，花时间去做一些让我和其他人高兴的事情是很重要的。因此我决定辞职，这样我才能全身心投入到我的家庭和我在过去几年已经发展得很稳定的蛋糕事业中。我祝福我的公司和同事。爱你们的克里斯·霍姆斯。

看到这封独特的辞职信，管理处的官员们先是错愕，随后都笑了起来。他们纷纷给霍姆斯打去电话，表示尊重他的选择，并祝福他未来一切都好。霍姆斯的妹夫杰克逊把这个辞职蛋糕的相片发布在了微博上，几小时内就获得大量网友的关注和积极评论。人们一致认为，霍姆斯的勇气与选择值得称赞，因为适合的才是最好的，这一点与金钱或面子都没有关系，追求理想、爱护家庭的霍姆斯更加真实也更加令人尊重。

霍姆斯说，公众对他的"辞职蛋糕"的积极评价令他深受感动。他之所以把辞职信写在生日蛋糕上，就是激励自己要有勇气开始一段新的人生历程。他一定会把自己的蛋糕事业做好做大，用理想的力量成就自己的新生。

现实版"冲出亚马孙"

电影《冲出亚马孙》塑造了一批令人起敬的硬汉形象，同时，亚马孙河流域恶劣的生存环境也给了观众极大的震撼。事实上，在现实生活中亚马孙河恶劣的生存环境与影片中并无二致，但如影片中那些以生命为赌注的硬汉一样的人却极为罕见，但是，就在不久前，却真有这么一个人出现了。

据英国《太阳报》报道，从 2008 年 3 月开始，英国莱斯特郡莫斯利市一名叫埃德·斯塔福德的中年男子默默开始了一项前所未有的惊人挑战。他从亚马孙河的源头秘鲁冰川出发，历经两年零四个月，沿着亚马孙河岸边徒步跋涉4000英里，并最终抵达了亚马孙河入海口。

这一新闻一公布于世，立刻引起了巨大的震动，许多欧美探险家都无法相信，埃德竟能活着走完亚马孙河流域全程。

埃德·斯塔福德曾是英国莱斯特郡莫斯利市的一名陆军上尉，他曾在阿富汗服过役，并在2002年退伍离开了军队。埃德于2007年和前女友分手后，就决定展开这项史无前例的惊人挑战。

埃德一开始计划每天前进10英里，后来他发现这个计划太过乐观。因为当雨季来临时，亚马孙河两岸的森林几乎全被洪水淹没，有时必须在齐腰深的水中跋涉。在没有道路的丛林中行走，埃德经常不得不挥舞砍刀砍开缠绕的藤蔓，切断巨大的树枝，为自己砍出一条路来。在障碍重重的森林中，行走的速度有时就像蜗牛一样慢。

埃德在沿亚马孙河岸穿越亚马孙丛林的探险之旅中，遭遇了无数次死亡挑战。在亚马孙丛林中行走，埃德最担心的就是遭遇毒蛇包括剧毒蝮蛇的袭击。他随身携带了足以支持48小时的抗蛇毒血清。最令埃德担心的另一亚马孙致命动物是电鳗，它们生活在浑浊的水中，身体能够释放出强大的电流，可立即将人击昏。幸运的是埃德并没有遭到电鳗袭击。

不过，埃德却没能阻止一只亚马孙马蝇在他的头顶的皮肤内"筑巢"！据说，马蝇会将卵下到蚊子身上，当蚊子叮人后，就会将马蝇的卵储存到人体皮肤下面，马蝇卵就会在人体皮肤下吸收营养，茁壮生长。不知什么时候埃德的脑袋被蚊子叮了一下，导致一只马蝇卵在他的脑袋皮肤下孵化起来。最后，痛苦不堪的埃德不得不借助"超强力胶水"和一根长针，自行动手做了一次痛苦的"手术"，才将这只正在孵化的马蝇从他的脑袋皮肤下面挑出来。

当埃德试图穿越巴西境内的亚马孙丛林时，许多人都认为他是在"自寻死路"。因为巴西境内的亚马孙土著部落是亚马孙盆地中最彪悍的部落，连巴西殖民者都不敢去惹他们。

一些亚马孙部落居民对他很友好，会向他提供食物；但另一些亚马孙原始部落土著却将他视为敌人，甚至对他进行追杀！许多土著人只会说土语和简单的西班牙语，埃德回忆说："一次我乘充气筏穿越一个小岛时，我看到身后紧跟着五艘独木舟，舟上站着一些手拿弓箭、猎枪和弯刀的印第安土著。他们对我的闯入感到非常愤怒，打算杀死我。"

埃德在这项史无前例的亚马孙河探险之旅中共经过了三个国家，总共遇到几十个亚马孙土著部落。这一段旅程确实称得上是九死一生，绝对要比那部虚构的电影更加惊心动魄！如今，埃德沿着河岸走完了4000英里长的亚马孙河全程，并最终完成这项惊人的挑战——抵达亚马孙河的大西洋入海口。

在结束这趟亚马孙河探险之旅后，埃德拒绝了各大媒体闪光的镁光灯，他平静地返回英国家中，先洗了一个热水澡，然后大睡了一场，并将自己关在家中好好休息了一个月。这段时间里埃德一直陪伴着母亲。

埃德说，这趟徒步走完亚马孙河流域的探险之旅让他做出了许多"个人牺牲"——再也没有交女朋友和变成了穷光蛋等。这趟探险之旅总共耗资近七万英镑，他是靠母亲和一个朋友为他发起的募捐，才最终坚持走完全程的。

埃德说，在这充满危险的亚马孙之旅中，他收获的不仅仅是勇气与名利，更收获了真诚的友情与伟大的母爱，作为一个普通人，还有比这一切更加美好的事情吗？

为了梦中金灿灿的面包

1951 年，他出生于台湾一个穷村落，食不果腹的日子让他做梦都想吃一块金灿灿的面包。13 岁那年，为了梦中的面包，他来到一家面包房当学徒。但他很快发现，虽然每天与面包打交道，他仍然吃不到一块面包。因为全家八口人的开销都要由他负担，而他每天起早贪黑只能挣到 50 元新台币。

在面包房，他的天赋与聪颖很快显露出来，他的面包越做越好。16 岁那年，他经过重重考试，成为蒋经国府邸的包点师傅，这一年，他终于吃到了金灿灿的面包，不用为饿肚子发愁了。有了好的环境，他更加努力，17 岁那年，他进入美军顾问团工作，时任美国总统尼克松前往台湾视察，吃到他做的蛋糕后连声夸奖，他被连升两级，在行业内一举成名。

两年后，他应聘来到台湾首家希尔顿饭店，在这里，他遇到了人生中最重要的两位恩师，其中一位曾为法国总统戴高乐服务。他激动之余也万分焦急，因为小学毕业的他连最简单的鸡蛋、糖等单词都听不懂根本无法和大师交流。最后，他想到一个窍门：把所有原材料的中文写下来，向酒店服务生逐一请教英文读音，并将每个单词的读音和单词开头的几个字母死记硬背下来。

过了语言关，他迅速成为两位大师的爱徒，两位大师都因嗜酒而有轻微的酒精中毒，双手发抖无法亲自操作，于是他成了他们的左右手。随着技艺日精，他一举夺得"台湾金厨奖"点心组冠军，并为撒切尔夫人、萨马兰奇、克林顿等多位要人服务过，从此在烘焙界平步青云。

1997年，他创办了一家名为"新糖主义"的面包店，四年后，"新糖主义"连锁店在台湾达到了21家，每月的营业额高达几百万人民币。

然而，一直厚待他的老天却在他最得意的时候狠狠给了他一巴掌。2003年，他将店铺交给胞妹后前往北京开辟第二战场，不久却接到银行电话，称其胞妹卷走约1亿元新台币跑到了美国！随后，结婚多年的妻子也提出了离婚。

他心悸不已地回忆说："当时真的尝到了从人生最顶峰突然跌落到最低谷的滋味，尤其是心态上接受不了，从老板一夜间回到打工者的位置。"

但他还是原谅了背叛自己的亲人，他说："本来我就什么都没有，全靠白手起家，回到起点也不会更糟糕。何况我还有技术，台湾的事业没有了，正好转移到大陆来。"

心情平复后，他回到北京埋头工作，但命运却再次和他开了个玩笑。由于合作的新加坡公司未能履行合约，他在北京的公司也很快宣告倒闭并欠下了一大笔债务。经历了这一系列挫折，他仿佛回到了 16 岁前饿肚子的岁月。但是，金灿灿的面包没有抛弃他，依靠过硬的烘焙手艺，他一边打工还债，一边寻找东山再起的机会。

2007 年，经过周密考察，他选择广州作为第三次创业的地点，并将面包店名改为"甜心客"。经过三年的苦心经营，2010 年，"甜心客"占领了广州西点业的半壁江山，而他，经历了起起落落，终于又返回了人生的巅峰。

有人问他，号称"开店从未失败过"的台湾商人必定精明，怎么会被骗了好几次？他憨憨地笑了，嘴巴一咧说："其实人生里不管遇到多少坏人，只要能遇上一个好人，就算成功了！"他的话让人肃然起敬。原来这么多年来，那个每晚都梦到面包的孩子从未变过，他依然单纯善良、怀有一颗感恩之心，而促使他在重重挫折后东山再起的正是这种乐观豁达的人生态度。

他，就是号称"面包王子"的"亚洲西点第一人"姜台宾。

小"豹王"诞生记

2011 年 2 月 23 日，第 15 届 LG 杯世界棋王战在韩国首尔结束，中国小将朴文尧执白中盘击败孔杰，以 2 比 0 的比分首夺世界冠军。他也成为中国第七位世界冠军和第 30 位九段，同时他也以 22 岁的年龄改写了古力保持的 23 岁零两个月的中国最年轻世界冠军的纪录。从这一刻起，他正式成为中国围棋界"豹字辈"的领军人物。

朴文尧的成功，正应了那句"梅花香自苦寒来"的名言。1988 年 4 月，朴文尧出生在哈尔滨一户普通的朝鲜族家庭。1993 年，五岁的他偶然接触到了围棋，那些黑白分明的小棋子刹那间吸引了他的眼球，他开始学习围棋并展示出过人的天赋，这也让父母坚定了让他学围棋的决心。

家里并不宽裕，为了应付学棋的开支，父亲开始四处奔波做生意，一家人聚少离多。但令人欣慰的是朴文尧不负所望，棋艺突飞猛进。1999 年在全国段位赛中升为初段，并入选国少队来到了北京。

但是，人生永远不是一帆风顺的，成功的路上更是充满种种难以想象的困难。2000 年，父亲在北京遭遇歹徒抢劫遇害，那时朴文垚年仅 11 岁。母亲强忍痛苦，一面四处借钱，一面打工维持家用，偏偏这时朴文垚因心绪不定落选了国少队。母亲只得和一些漂在北京的棋手家长组织孩子训练，他们租房子作为训练室，轮流值班，督促孩子们锻炼身体和训练。

2002 年，朴文垚有了一个参加围甲联赛的机会，但最终因地域之争作罢。这次打击让小文垚再次产生了动摇，关键时刻，是母亲给了他信心，她坚信自己的儿子一定会出人头地。看着疲惫而坚强的母亲，朴文垚暗暗下了决心，一定要好好学棋，让母亲过上好日子。朝鲜族人特有的坚韧支撑着他继续走了下去。

2005 年，刘小光九段看中了朴文垚，将他从黑龙江队中商借出来，他得以参加围甲。从这一刻起，他的命运出现了转机。12 月，朴文垚在第 10 届 LG 杯赛中连胜王立诚九段、苏耀国八段、朴正祥九段，打进四强，一战成名。当年他在围甲联赛中的战绩为 12 胜 9 负，同样创造了新棋手在联赛中的最佳战绩。

朴文垚虽然很不幸，但他也得到了许多好心人的帮助。三星火灾保险公司朴德洙先生每月给朴文垚以资助，朴文垚能参加三星杯预选也是得益于他的帮忙。2003 年，韩国著名棋手曹薰铉赴上海参加比赛，特地叫上朴文垚一起吃饭。当曹薰铉知道朴文垚年少丧父、母亲靠给别人做家务支撑其在北京学棋的艰难处境后深受触动，他悄悄将朴文垚拉到一边，交给朴文垚一个装着厚厚一沓钱的信封，对朴文垚说了句："请把这个交给你妈妈。"

不幸的命运带给朴文垚的不仅是痛苦，还有异于常人的坚强。在棋院，他永远是学习最刻苦的那一个。一分耕耘一分收获，2005 年以来，朴文垚在各类比赛中获得了一系列佳绩，包括全国围棋锦标赛第四名、LG 杯世界棋王赛第三名等，他还在 LC 杯和三星杯的比赛中创造了 11 连胜，取得了中国棋手在国际比赛上的连胜最高纪录。

由于棋艺出众，朴文垚被划分入中国围棋的"豹族"。"豹族"是从常昊等几"小龙"延续下来的，他们之后是以古力为代表的"虎族"，再接下来就是朴文垚等几名新生代棋手领衔的"豹族"。

LG 杯夺冠之后，朴文垚激动地说："世界大赛夺冠是我学棋以后就想实现的梦想，梦想实现了我非常高兴。最感谢的人当然是妈妈。奖金要全部交给她。"

小豹王朴文垚的故事告诉我们：无论遇到多大的困难，只要孜孜不倦地努力，只要坚定地向着理想走下去，就总会得到回报。天道酬勤，坚守和勤奋远比聪明更为重要。

成功从有梦想开始

2001 年，16 岁的她正在新加坡读高中。有一天，她在街上闲逛时，发现一个书店正在集中全力地叫卖一本书。书店充满煽情味道的广告词吸引了她："想成功就要从这本书开始，它会给你一个梦想。"好奇心促使她走上前去买了一本。

这是一本名为《亚洲企业家传奇》的书，专门讲述亚洲成功企业家的生平事迹，里面有李嘉诚、松下幸之助等。她从李嘉诚开始看，看他白手起家、经历痛苦和风波等等，看到流眼泪。这本书，竟然渐渐改变了她。当时的她一直梦想能当一名空姐，但看到这本书之后，她就想将来一定要成为华人史上杰出的企业家，她觉得这样的人生更有价值。

她开始利用业余时间在学校独立经营自己仅有两平方米的小店，卖各种小饰品。后来她发现，大陆的货源充足，价格便宜，于是，仅有 17 岁半的她独自一人到浙江义乌购买了很多在新加坡比较少见的小饰品。

她所在的学校离城市较远，当地人爱吃的"海南鸡饭"

学校居然不出售。她觉得这是个新商机，努力奔波游说商家为学校送货，自己赚取差价。很快，她成了学校里小有名气的小老板。她在欣喜之余，商业经验和观察力也在与日俱增。

这时，她结识了国际著名的成功学大师陈安之。在陈安之的课堂里都是商场的精英。在这里，她知道了什么叫真正的成功。通过成功学环境的熏陶，她深深地喜欢上了成功学课程，并有机会参加各种招商会和商务名流宴会。

她的第一桶金便是来源于一次贸易招商会结识的一位马来西亚园林商。新加坡人比较相信风水，他们过年的时候买橘子树摆放家里期盼吉祥。但是新加坡位于赤道附近，属于热带雨林气候国家，橘子树也就非常少。每逢新年很多橘树经销商都会从周边的一些国家进口大量的橘子树以满足当地市场的需求。她觉得这是一个非常难得的商机，通过与那位园林商的交流，她很快与园林商达成了协议：两天进一次橘子树，每一次50株。后来，她在橘子树上装些跟圣诞树一样的小饰品，在网上出售。过了年之后，她发现自己的账户里有了50万新加坡元。

有了资金，她的信心更大了，开始涉及各种行业。她参加了一次青岛在香港的招商会，发现新加坡很需要护士，而山东可以组织很多的护士到新加坡务工。于是她和青岛市的副市长谈，与青岛的医院和卫生人才学校谈，结果，她的公司成了新加坡小有名气的人才中介公司。

当然，她也出现过失误。2005 年，印尼当局政局非常不稳，银行利率下降。她看准时机在印尼巴旦岛开发了一个工业园，当地的银行本来答应把这笔钱贷给她，但是由于印尼发生了严重的洪涝灾害，于是决定把钱抽走，给本国人用，她的投资失败了。这次失败给了她很大教训，她认为，这次失败一方面是由于自己对房地产而言还是外行，了解不够，另一方面则是缺乏足够的风险防范意识，只是凭一腔热血和冲动就贸然进入。

2007 年 3 月份，已有了不菲身家的她来到上海，注册成立了喜客多连锁餐饮有限公司，她想做的是，开设中国第一家有机餐厅。

中国的有机产业刚刚起步，一家有机餐厅可以整合现有的资源，可以激发人们的激情，可以给大量的有机产品找到出口。

"中国的休闲产业刚刚起步，在大城市的人，最难找到的就是吃饭的地方，最难找到的就是边工作边休闲的地方。如果把有机餐厅与茶餐厅、咖啡厅的概念整合起来，也许是个出路。我们与东方航空公司谈，与旅行社谈，让顾客在我们的餐厅里，就能够享受大量的服务。我们的餐厅也将是个书吧，比如环保的书、文化的书、艺术的书，我们都会提供一些给顾客阅读。"她说。

"即便遇到了不理解的顾客，不理解，就可以选无机菜。现在，第一家在营业，第二家、第三家在装修，上海之后会到北京、广州、成都等地发展。直营足够成功之后会允许加盟。有很多顾客提出很多好建议。国内市场是一个特殊的市场，我要在国内学习一些新的东西去适应国内的市场。"

她叫董思阳，是凤博国际（集团）有限公司董事长、关心下一代大学生发展基金秘书长、上海喜客多连锁餐饮有限公司的执行总裁，亚洲智慧女性的副会长。

从大学生到"地摊王"

2005 年，高泽宇考入新疆大学，但是，高昂的费用成了横在家境不好的他面前的大山，自小独立的高泽宇没有被吓倒，他决定利用课余时间勤工俭学。事实上，高泽宇一直有个梦想，他想做"中国优秀的企业家"。

接下来，高泽宇跑遍了乌鲁木齐，考察项目调研市场，虽然只是个大一学生，但他做事的态度非常专业。经过一年的考察，他最终的选择却令人大跌眼镜——摆地摊。

2006 年夏天，高泽宇和一些同学在大学内找了块空地，把运动鞋摆上了课桌。然而只卖了一天，学校就不让摆了，没有办法，他们只得把床单打成背包，背着去小区卖。炎炎夏日，他们连一瓶矿泉水都舍不得买，每天就吃馕、喝自来水。每天下午三点多开始摆摊，一直到子夜一点多才离开，回到学校已经深夜两三点，还要聚在一起讨论一天的得失。

当时，大学生摆地摊并不常见，经常被人误解挖苦，创业伙伴们很快产生了分化。第一天就有一半退出，一周后仅留下五名同学，但这没有吓跑高泽宇。在他看来，地摊经济就是要人多，一个人摆摊和几百人摆摊的效果必然大相径庭。他不断扩充队伍，还开讲座传播创业经验，招募更多学生加入。

渐渐地，高泽宇的地摊摆得有模有样了，团队有了盈利，他信心满满，准备大干一场，但这时发生的一件事几乎将他彻底击败。2006 年 10 月 23 日，正在西安的高泽宇得到部分团队成员"背叛"的消息，他立即回到乌鲁木齐，库房的一幕令他目瞪口呆：大量运动鞋被四名团员私分，人去楼空，现场一片狼藉，只留下 40 余万元的债务。

面对如天文数字般的债务，高泽宇甚至有过轻生的念头，但一番痛苦抉择后，他决定重新振作。在重组团队时，他更加注意财聚人散、财散人聚的道理，更加注重培养团队的主人翁意识。他没日没夜的工作态度激励了团队成员，大家拧成了一股绳，全身心投入"摆地摊"的事业中。短短一年，天文数字般的债务竟然还上了。

由于"地摊"越摆越大，高泽宇意识到，学习和创业已不能兼顾，再三权衡后，他决定休学两年，一心一意开创事业。

高泽宇并不满足于只做运动鞋生意，他决定进军电子产品。他只身一人到广州进货，但首次出手就遇到了骗子，用 4000 元换来的是一台假笔记本电脑。痛定思痛之后，他有了更长远的计划：在广州建立发货办事处，以西安为总部，发起以笔记本电脑等为突破口的西北五省（区）电子产品攻坚战，客户群体则是高校学生。

高泽宇彻底从逆境中奋起了，一边是品牌运动鞋，一边是电子产品，乌鲁木齐市几乎所有大型社区和高校都有他的地摊创业团队。团队成员越来越多，资金也越来越足。

但是，2008 年 5 月，第二次团队危机爆发了。五个和高泽宇从摆地摊一同走来的创业伙伴对创业失去兴趣，开始拉帮结派。面对日益紧张的团队关系，高泽宇决心解散团队。那天会上，除了不想创业的五个人，其余人都失声痛哭。他们堵住大门高喊继续创业的样子让高泽宇热泪盈眶，他决定和剩下的成员继续为创业梦奋斗。

祸兮福所倚，福兮祸所伏。经历这次危机，剩下的人更加团结了，拧成一股绳的团队进入了快速发展期，并建立了自己的品牌。现在，高泽宇的"万人体育用品有限公司"已在新疆遍地开花，运动品牌专卖店开了四五十家，还开发了电子产品、装修业等，公司净资产达到千万，有大学生员工百余名，而经历过无数危机的高泽宇已经是一名成熟的企业掌舵人了。

从大学生到"地摊王"，高泽宇走了一条不平凡的道路，支撑他一路走来的，正是矢志不渝的创业信念和从未间断的学习提升。

商界"五月天"同样绚烂

台湾的偶像天团"五月天"主唱阿信唱作俱佳，才华横溢，在音乐圈混得风生水起。但鲜为人知的是，阿信在忙碌的演艺生涯之余，也涉足商界，并依靠自己的努力，打出了一片同样灿烂无比的"五月天"。他推出的潮牌Stayreal 也像五月天的歌曲一样红遍了全亚洲。

2005 年 3 月，五月天成为明基中国区代言人，阿信第一次近距离见到了各种数码新产品，那些制作精美、功能强大的产品令他爱不释手。突然，他萌生出一个想法，为什么不自己设计一款个性数码产品呢？那一定非常酷。这个想法令他兴奋不已，回到酒店，兴奋的阿信立刻打电话给自己的好友陈柏良，说出了自己的想法。

阿信与陈柏良是师大附中死党，一位是天团主唱，一位是台湾金牌设计师。听了阿信的想法，陈柏良非常兴奋，两人一直聊到天亮，并初步设计出了一款"兵籍牌"项链式 MP3。三天后，两人专门跑了一趟上海明基总部，提出了具体的方案。

很快，这款造型独特的 MP3 面世了，配上"五月天"的金字招牌，一推出就大受欢迎，一共卖出了四万多台。这次玩票，开启了阿信灵感的大门，也让创业的种子有了生根发芽的土壤。

2007 年，阿信找不到合适的演唱会表演 T 恤。这一次，他再次和陈柏良合作，设计出了一款"童梦"T 恤，在登台后受到了热烈欢迎，并引起了媒体询问。演唱会过后，阿信有了创业的想法，但当时他的演艺事业如日中天，涉足商界可能会对演艺产生造成影响。品尝到设计乐趣的阿信却又舍不得放弃，他约了陈柏良在一家咖啡馆商量。最后，两人订下了一个折中方案：要开店，但这个店一定要在一年内养活自己，否则就承认失败。

很快，阿信与陈柏良共同推出了自主品牌 Stayreal，主营创意 T 恤，所有产品都由两人独立设计完成。虽然工作很忙，但产品的设计、生产、销售，整个过程阿信都要亲自参与，认真的态度与其在音乐舞台上毫无二致，在那一年，阿信足足瘦了 20 斤。

辛勤的劳动也换来了回报，公司一年内就卖出了两千多件 T 恤，扣除成本，盈利了三十万新台币。虽然盈利不多，但这个成绩已经令阿信兴奋不已，要知道，2008 年正值亚洲金融海啸，公司能得以生存就证明了市场的认可。

经历了一年市场打磨，阿信的信心更足了，Stayreal 的风格也更加多样化，横跨了童趣、纯真、反战、摇滚等多种类型，再加上纯棉的布料品质与考究的裁剪手艺，它获得了全亚洲年轻人的一致喜爱。

这时，除了音乐，Stayreal 已成为阿信的第二个梦想。为了让公司更好地发展，他读的经营管理书籍愈来愈多，从前他所讨厌的管理方式已成为他接近梦想的唯一方法。他很懂得与年轻人沟通设计理念，他发现，消费者喜欢听故事、寻找品牌认同，就立刻在网站上发表了每一件衣服设计的原创概念，这种新颖的广告模式很快吸引了消费者的眼球，使得品牌的知名度进一步扩大。

随着受欢迎程度的持续攀升，Stayreal 品牌店也越开越多，从台北、高雄到香港、上海，再到 2012 年入驻东京，成为首家进驻东京的华人潮流品牌。2011 年公司营业额高达两亿万新台币。

短短四年，Stayreal 就从台北进攻亚洲时尚之都东京，创造了一个奇迹。但它靠的不是阿信的明星光环，而是从设计到制造每一个细节的精雕细刻、阿信的勤奋学习与建立制度的努力，有了这些汗水与付出，Stayreal 才能在风云际会的商界脱颖而出，拥有一片灿烂靓丽的"五月天"。

叛逆是把双刃剑

1965 年，41 岁的美国男人霍克又一次失业了。从 14 岁厌倦学校开始工作，他已经换了不知道多少种工作，当过乳牛场伙计、搬运工、屠宰厂工人、农场农药喷洒工，但每次都干不长久，与生俱来的叛逆性格让他总与上司无法长久相处。

但这一次失业是致命的，因为家里还有三个年幼的孩子、沉重的房贷和一个还在读大学的老婆。无奈之下，他只得夜以继日地找工作。一个月后，他在国家商业银行谋得一个兼职岗位，但遗憾的是，他的"叛逆"本性没有丝毫改变，干了不到两年，他再次对公司提出了质疑：为什么我一直不能得到晋升？为什么我总是不断地与上司发生冲突？

继续追问下去只会让人疯掉，1967年，43岁的他即将步入"历史的垃圾堆"。就在这时，他获得了一个参与"美国银行卡"发布行动的机会，他的任务是从美国银行那里拿到一个特许经营证，后者有权向当时的美国各大商业银行发布这种早期的信用卡。

事实上，上司的本意是想把一个不可能完成的任务交给他，然后看着他惨败而归，从而名正言顺地把他开除，但是这一次，他们错了。

那个年代，信用卡刚刚在美国银行业露脸，对这项业务毫无经验的霍克深刻认识到了银行卡的发展前途。一向不按常规出牌的他取得了信用卡业务的初步成功之后，设法说服美国银行放弃了对美国银行卡的所有权，由此开创了美国银行卡联盟。

带着30多年来一直对创新组织与管理的向往与实践，他发展出一套"价值交换"的全球系统，并借此创建了一个组织"维萨国际"。当时还没有互联网，没有企业联盟，也没有信息社会，"维萨国际"的诞生全是凭借观念、想法和信念。这一年，他已经46岁了。

他的事业开始蒸蒸日上，但他叛逆的本性却始终未变，在担任维萨首席执行官14年后的某一天，60岁的他将职业装放入衣柜，奔向偏远的荒地，驾驶着一辆履带式拖拉机开始了长达10年的农夫生活。直到1994年，他才结束隐居再次复出。

2008年3月18日，维萨集团通过首次公开发行股票成功融资179亿美元，创下美国历史上IPO（首次公开募股）融资规模之最。2010年，维萨的营业额达到沃尔玛的10倍，市场价值是通用电气的两倍，成了全球最大商业公司，世界上超过六分之一的人口成为它的客户。

他就是维萨信用卡网络公司创始人迪伊·霍克，曾被美国《金钱》杂志评为"过去25年间最能改变人们生活方式的八大人物"之一。这位几十年挣扎在人生底层的超级思维大师，耗尽大半生时光，终于为他平凡的生命绽放出一道最绚丽的光彩，他独特的创业管理理念——"问题永远不在于如何使头脑里产生崭新的、创造性的思想，而在于淘汰旧观念"正激励着一代代创业者走向成功。

其实，叛逆是把双刃剑，当我们看到它与四周格格不入的同时，也不应忽略它所拥有的锐利与开拓创新的力量，而正是因为拥有了这样一把双刃剑，霍克才能创造出如此惊人的奇迹。

低谷决定高度

1982 年，54 岁的他不顾家人反对，放弃了在韩国那份稳定的教师兼图书管理员工作，来到美国硅谷创业，他人生的最低谷也从此开始。

他注册了一家多媒体系统公司，天真的他认为新产品的开发最多只需要 9 到 12 个月的时间，最多在 50 万到 100 万美金之间，但是这项新产品的开发一直到三年之后仍然进展甚微。

他申请风险投资，但风险投资公司以这样的理由拒绝了他："硅谷是这样一个地方，连猴子（指高级工程师）都有可能从树上掉下来，何况你甚至连猴子都不是。"在他们眼中，他根本不算什么，既不是工程师，也不懂高科技，也没有资深的商业经历。谁会相信一个普通的韩国老师兼图书管理员能够在硅谷创造奇迹呢？

事业不顺导致他家庭破裂，他的财产迅速缩水为原来的一半，所有的信用卡都被银行收回，他甚至沦落到了没有饭吃的地步，不得不开始收集杂货店扔掉的过期大白菜。一般人遇到这种情况肯定会放弃这桩失败的生意，但是他没有，他卖掉了所有可卖的东西，孤注一掷投入了200万美元进行产品开发。

1987年，他的公司已在破产边缘，幸好此时，他的新产品终于面市，这让他有了喘息之机，随后渐渐走出了低谷。1993年，他改变了商业模式，开始专注于多媒体和图像，获得了巨大的成功。IBM指定他为正式的商务合作伙伴和硬件供应商，他则指定IBM作为自己产品的全球分销商。

1995年，当他的公司上市时，他卖掉了30%的股份，成为一个身价数千万美元的富翁。当初唯一跟着他创业的那位工程师获得了公司10%的股份，在IPO的过程中，这个工程师获得了1200万美元。

做了公司14年CEO，外加三年的董事会主席，他基本每天都从早上7点一直工作到晚上11点。人们称他为"7-11先生"。

他说："一个企业家需要随时准备好面对各种各样的对手，你需要经历艰苦的斗争，需要勇气和永不放弃的精神，需要坚定不移地在所有障碍赛中取胜。"

"有 50 岁的老人，也有 70 岁的年轻人。"他总是喜欢这样说。

2011 年，他已经 82 岁了，但是岁月无法阻挡他的脚步。他仍然是一个不断尝试挑战的企业家，他创立了一家高科技风险投资公司，同时也成为著名的慈善家，成立了基金会，资助各种学术和文化机构。

1996 年，他向位于旧金山的"亚洲艺术馆"捐赠了 1500 万美元，该馆董事会于是决定将主题馆以他的名字命名，这也是美国公共建筑上第一次出现亚洲人的名字。

"人们总是说，钱买不到快乐。"他以此作为答案来解释向亚洲艺术馆捐赠一事。

风烛残年的他也重拾了自己的教学生涯，担任斯坦福大学亚太研究中心的顾问教授。他也没有忘记自己的祖国，在韩国高级科技学院建立了"科学家创业中心"。

问他如何走出低谷，他引用了《孙子兵法》里的说法："如果你打 100 次仗，你怎么可能赢 100 次？第一流的人总是不战而屈人之兵。"这句话是他一辈子的准则。在他几乎想自杀的日子里，周围总是有人帮助他，因而他也希望自己最终会对别人有帮助。

他叫李钟孟，钻石多媒体系统公司董事会主席，他一手创建的钻石多媒体系统成为美国第一的 PC（个人计算机）图像加速器制造公司，无论是市场份额还是年收入方面都名列第一。IBM 和苹果这样的 PC 巨头都是他的客户，他被"亚洲社会"评为杰出亚裔美国企业家。

酷酷地去挣钱

1982 年，在比尔·盖茨创立微软七年后，斯科特·麦克尼利创办了"斯坦福大学校园网"，简称 Sun，20 年之后，他的公司跃升为全球最大的 UNIX 系统供应商，位列《财富》500 强。

生活中的麦克尼利是个酷酷的人，他说："我为一家很酷的公司工作，有很酷的产品，还会做很酷的事情。"

他的个性也决定了他的成功注定会与众不同。29 年来，麦克尼利一直以挑战者和创新者的面目出现，作为"挑战微软联盟的领袖"，他与微软斗争了 15 年，一直号召人们为"拥有更多选择"而战。他还率先提出"网络就是计算机"的独特理念，始终使 Sun 保持不倦的创新者形象。

"没有选择，就没有竞争。没有竞争，就没有创新。没有创新，你也就什么都没有。"他最喜欢说的这句话表明了他作为"IT 斗牛士"的力量来源。2001 年，在接受《商业周刊》专访时，麦克尼利发出了他那段著名的宣言："现在我还不能退休。我第四个儿子就要出生了，我不想他将来生活在一个没有自由的 IT 世界里。"

工作中，麦克尼利从不会放过任何一个炮轰对手的机会，很长一段时间里，Sun 和微软的深仇大恨一直是人们津津乐道的话题。作为网络领域的领导者，麦克尼利对与他经历相似的盖茨所坚持的垄断做法批评不断。他说："Microsoft 不共享，IBM 不共享，Apple 不共享，而我们一直遵守开放的承诺，促进多种选择，提供创新技术，让共享和沟通的技术进入标准化运行的过程。"

不过，当年的恩仇如今都已成历史。2004 年 4 月，Sun 和微软破天荒地达成合作协议，微软同意付给 Sun 高达 19.5 亿美元的和解费。"现在，我偶尔会与盖茨在洗手间相遇。"麦克尼利以轻松的玩笑来形容两家公司的"相逢一笑泯恩仇"。

虽然停止了与微软的争斗，但麦克尼利不会因此而停止战斗，他又找到了新的目标：IBM。

"整个 IT 业能提供全方位解决方案的'卡车制造商'只有 Sun 和 IBM，但 IBM 不洗车、不保养，也不能让卡车有效运行下去。"麦克尼这样来形容 IBM 在管理服务方面的"糟糕表现"，而他与 IBM 的斗争也就此开始并一直持续到现在。

作为"大萧条时期一代"的下一代，麦克尼利生活在一个和平的年代，生活中没有什么负面的东西，但也许正因为此，创新与迎接挑战的焦虑才能深入他的骨髓。

麦克尼利说："当你感到十分安全的时候，往往什么事情也做不成。几乎没有哪个 CEO 能够连续两年心安理得地在海滩上晒太阳。不安全感是我做事的动力，为了消除这些不安全感，我们必须做一些事来证明自己。"正是由于这种"不安全感"，Sun 公司才不断创新，也正是由于其不断创新，麦克尼利才有资格向微软和 IBM 叫板。

酷酷的麦克尼利就这样几十年如一日地保持着自己的个性，在 IT 界创出了属于自己的一片天地，他也实现了自己"酷酷地去挣钱"的理想，为所有渴望成功的年轻人做出了榜样。

其实，只要坚定目标不断前行，再大的困难也会迎刃而解，而在这个过程中保持一份洒脱与个性，就会在无形中增加自己获胜的勇气和力量。

12 岁男孩的奇迹穿越

南非与莫桑比克是相邻的两个国家，但两国人民却过着迥然不同的日子：南非公民生活富足，莫桑比克公民则长年挣扎在贫困线以下。为了过上更好的生活，每年都有成千上万莫桑比克人非法穿越边境进入南非，他们选择的越境地点就是著名的克鲁格国家公园。

两国大约 300 千米的边境线被克鲁格国家公园占据，整个克鲁格国家公园方圆近两万平方千米，有动物 150 多种，包括狮子、印度豹、美洲豹、河马、斑马、大象等。穿越克鲁格国家公园是一件非常危险的事情，许多莫桑比克难民在途中死于饥渴与野兽侵袭，但这并不能阻挡难民们的铤而走险。

12 岁的男孩亚历克斯·莫威尼便是庞大的莫桑比克难民群中的一员。2009 年，亚历克斯和父母一起踏上了奔赴南非之路，但是，在通过莫桑比克边境进入南非东北部的林波波省时，被原始森林的神奇景色深深吸引的亚历克斯只顾东张西望，与父母走散了。

走散后的第一天，亚历克斯寸步未行，他在惊吓与惶恐中度过了整整一夜。

亚历克斯说："我迷了路，从那一刻起，我从未想过自己被找到时还能活着。我不知道自己身处何地，也不知道将要去哪里，那所森林是如此庞大。当第一天太阳下山后，我挨着一座蚁丘坐下取暖，夜里听到狮子和其他动物发出的各种叫声，我真的感到非常害怕。"

第二天清晨，亚历克斯逐渐从迷失中清醒，他看着从树叶缝隙中透过的阳光，心中升起了一丝希望。他意识到，作为一个男人，必须依靠自己的力量寻求生机，他想起父亲曾经说过，只要一直向南方走，就会抵达南非。亚历克斯抬头望向天空的太阳，他很快辨认出方向，迈出了坚定的第一步。

亚历克斯每天白天赶路，晚上则找一座蚁丘相偎取暖，他不敢睡得太沉，以防止一些在夜晚出现的动物把自己吃掉，即便如此，他还是差点葬身于一只狮子腹中。那一夜，亚历克斯非常劳累，他匆匆找到一座蚁丘并沉沉睡去，不知过了多久，他突然感觉有一个滑腻的东西在抚摸自己的脸。他睁开眼，看到了极其恐怖的一幕：只见一只成年的母狮正紧贴在自己脸上，它不时伸出硕大的舌头舔着自己的脸颊，由于近在咫尺，亚历克斯甚至能够闻到狮子口中的腥气，能够看到狮子口中的獠牙。面对着巨大的危险，亚历克斯吓出了一身冷汗，但他迅速镇静下来，他想起母亲曾说过，不是很饥饿的狮子是不吃死尸的，他连忙屏住呼吸假装死去。在大约半个小时之后，狮子离去了，亚历克斯早已睡意全无，他不顾天色黑暗，立刻踏上了新的征程。

此后，亚历克斯先后躲过了一群毒蛇的突袭，克服了食物与水的缺乏带来的危害，渐渐地，他摸索出一套野外生存的法则。

除去那些致命的危险，在这段路程上亚历克斯还有着许多童话般的奇遇，他曾经与一头小河马共度一下午时光。那天，亚历克斯在一片森林深处遇到了一只小河马，由于远离水源，小河马的皮肤有些干裂，生命受到了严重的威胁。亚历克斯费尽力气才把小河马重新引入水中。此后，他还与一群斑马同行了整整一天。

亚历克斯说："我很高兴看到太阳重新从东方升起，实际上，最困难的是最初的那几天。我很渴，但是连续两天没有找到任何水源，直到第三天，我已经非常虚弱了，但我依然继续往前走，直到突然发现一条小河。在我喝水的时候，一头大象突然向我冲来，我只好赶紧跑开。接下来的几天夜里，我靠着蚁丘睡觉，感觉自己越来越虚弱，但我从未想过放弃。"

经历过危险考验的亚历克斯变得更加坚强，他咬紧牙关继续前行，一路上与狮子和大象为伴，靠喝雨水采摘野果充饥。日子一天天过去，虽然身体越来越虚弱，但亚历克斯知道，自己距离目的地也越来越近了。

此时，亚历克斯的父母正在焦急地四处寻找他，亚历克斯的父亲到南非边境附近的警察局报了案，称自己的儿子在丛林中迷了路。当地警方听了亚历克斯父亲的报案后非常重视，此时亚历克斯失踪已近五天。他们知道，要想找到亚历克斯的机会已经非常渺茫，但只要有一丝希望就不应该放弃。

警察告诉亚历克斯的母亲，要她登到最高的一处山峰，并不断呼叫亚历克斯的名字。起初两天，他们一无所获，可就在第三天的清晨，奇迹出现了：当亚历克斯的母亲第六次奋力喊出亚历克斯的名字时，一处浓荫蔽日的丛林里突然跑出了一个瘦小的身影。

就在所有人即将绝望时，亚历克斯从丛林中跑了出来，他听到了母亲的召唤。

亚历克斯说："那是第八天，我虚弱得连喝水的力气都没有了，我失去了所有希望，几乎就想放弃了。但就在那时，我听到了妈妈在喊我的名字，声音在四处回荡，我还能听到声音越来越近。我知道这声音是真的，是妈妈在叫我。"

在场的警察说："当时，亚历克斯已经失踪了八天，我们都认为他肯定被狮子吃了，只有百万分之一的机会还活着。当他从树林中跑出时，我简直不敢相信自己的眼睛。"

经过这八天的野外生存，亚历克斯成了非洲大陆的名人，莫桑比克人从他身上看到了民族振兴的希望，南非人也由此改变了对莫桑比克人的一贯偏见，甚至他还接受了莫桑比克总统的接见。

亚历克斯说："现在的我，不再是一个男孩，我是一个男人，而且我将不再畏惧任何困难。难道还有比在危机四伏的丛林中独自生存更加严酷的事情吗？"

在内心流浪的凡·高

看黑泽明的经典电影《梦》，在第五个梦的时候，我突然间就明白了一个始终无法看清的人，那个人就是凡·高。

当凡·高头缠厚厚的纱布出现在镜头前时，阳光正倾泻而下，一种异于所有人日常感观的色彩扑面而来，而这种感觉竟有着久违的熟稔与亲切，丝毫没有令人不适。

在那块几乎空无一人的玉米地里，凡·高也仿佛并不存在，他在孤独而焦急地绘画，甚至没有时间用来思考。他站在自己的内心深处，那里微小如尘却又强大如整个世界。

看到这一幕，所有沉浸在个人世界中的人都会产生深切的共鸣，面对那么巨大的世界，却又逃不出如此逼仄与促狭的心灵，或许，唯有用想象的画笔一笔一笔去描摹去涂绘，才能为这个世界添加上属于个人所独有的色彩吧。

我知道，凡·高正在自己的内心深处流浪。狂野的奔行与肆意的呐喊，让这个伟大的艺术家异于常人，甚至惹来自己画中人物阵阵的讥笑与嘲讽，可一切都不能阻止创造者的激情，毕竟，这个多变的世界最真实的一面只属于那些超越现实的人，因为，再颠沛的流浪也会因为承载它的心灵之浩大与广袤而变得丰盈而动人。

多年以后，许多人面对凡·高的画作，仿佛被一道幸福的闪电击中，他们于虚幻的现实中醒来，一点点回归了自己内心那段无比真实的流浪时光。那旋转的跳跃的星空，那橙黄而明媚的向日葵，那看似遮掩实则缺失了一只耳朵的凡·高自画像，都穿越了时光与空间，将一颗向往自由的心铭刻在了简单的画板之上。

在深邃的内心流浪，就是一个不断向内挖掘的过程。那些令人难以置信的力量就这样自然而然地发生了，那些小寂寞衍生出的大自在，昭示着生命的存在，暗藏了思想的锋芒；那些不出鞘的心灵，保有永恒的锐利，成为世间最令人内心激荡的事物。

在凡·高看似短短的37年生命孤旅中，地理面积几乎可以忽略不计，心灵容积却已经大得令人难以想象。站在艺术的巅峰，孤独的凡·高穷困潦倒，却又如此昂首阔步，令人只能仰视与遥望。遵从了内心呼唤的凡·高，摒弃了随物赋形的虚华，却拥有了直抵灵魂的真实。

或许，凡·高拥有的富足已无法用物质与生命来衡量，在心灵旷野流浪了一生的凡·高，始终在燃烧与重生间循环往复，而这种所谓的痛苦带给世人的，不应是沉重的叹息，而应该是啧啧的赞美与永恒的尊重。

每个人的一生，都应当是在自己内心流浪的一生，所有的痛苦与快乐，所有的创造与消失，都与自己内心的强大与脆弱息息相关。最沉重的脚步与最灵动的飞翔，都源自内心深处那一片温润而饱满的土壤。事实上，这些泛着芬芳气息的土壤，就是无垠而遥远的星空落在大地上的样子，就是凡·高用来绘就心灵的那块空空如也的画板，而我们每一步流浪的足迹，就是它所有的生机勃然焕发的契机所在。

被女友穷养的格斗之王

康纳尔·麦格雷戈，一个在 UFC（世界终极格斗冠军赛）如雷贯耳的名字。2015 年 12 月，他仅用时 13 秒就击溃了已保持十年不败的前 UFC 羽量级冠军奥尔多，成为当之无愧的新一代格斗之王，并被粉丝称为"爱尔兰男神"。但是，鲜为人知的是，在成名之前的八年时间里，麦格雷戈竟然只是一个依靠女友打工"穷养"的无业游民。

出生于爱尔兰普通家庭的麦格雷戈从小就对综合格斗有着狂热的痴迷，但成为一名职业格斗选手却是一件很不容易的事情，不仅需要每天去健身房、训练室进行刻苦训练，还要补充大量营养，这让麦格雷戈经济拮据的家庭难以承受。成年之后，麦格雷戈一度曾经想过放弃梦想，但就在此时，他遇到了同样热爱格斗、崇敬英雄的爱尔兰女孩迪·德夫琳。

在健身房里，德夫琳看到这个挥汗如雨的小伙子眼神中充满着忧郁与悲伤，当她了解到麦格雷戈准备放弃自己的梦想时，她坚定地告诉麦格雷戈：梦想有多大，现实就有多残酷，但对一个期待征服全世界的终极格斗选手来说，这也是一个必须接受的挑战。

　　麦格雷戈被眼前女孩的话语重新点燃了信心，他决定坚持自己的梦想。两个月之后，已经确定恋爱关系的麦格雷戈和德夫琳在距爱尔兰首都都柏林 30 公里的郊区租住了一处廉价公寓，在这里，他们一待就是八年。每天，麦格雷戈都为自己制订近乎残酷的训练计划，他常常累得筋疲力尽，连说话的力气都没有。而德夫琳的付出并不比麦格雷戈少，她每天要辗转好几处地方打工，最多的时候同时做着七份零工，而这一切都是为了应付男友麦格雷戈训练和比赛的巨大开支。

　　看到女友为了自己不能像普通女孩儿一样打扮、放松、旅游，麦格雷戈心中充满了愧疚，而更令他感到无法接受的是，他四处参加比赛，却因为经验和实力不足频频败北，不仅没有挣到钱，反而多次把钱赔光。幸好，每次当失败者麦格雷戈筋疲力尽地回到家中时，德夫琳都会温柔地对他说："亲爱的，没关系，我相信，你一定可以做到的！"

　　德夫琳一次次点燃麦格雷戈心中即将熄灭的火焰，也激励着他一次次战胜自己。终于，在 2012 年，麦格雷戈的胜率开始直线提升，拿到了 CWFC（笼斗锦标赛）羽量级及轻量级双料冠军，随后签约 UFC 成为羽量级选手，正式踏入了终极格斗的舞台。

梦想，已经越来越近了。2012 年之后，麦格雷戈愈战愈勇，击败了一个又一个强大的对手。他作风勇猛，拳速快如闪电，比赛一开始就以狂风骤雨般的组合拳将对手击倒。曾经靠女友养活的日子一去不复返，麦格雷戈成为综合格斗界光彩夺目的超级明星，拥有了千万粉丝，财富滚滚而来。

2015 年 12 月，当麦格雷戈以压倒性优势成为新的 UFC 羽量级冠军，他却没有疯狂庆祝，因为他远远看到台下的女友德夫琳已经泣不成声。

成名之后，麦格雷戈要求德夫琳辞去所有工作，他开始带着德夫琳去世界各地旅游购物，他要把亏欠她的尽量弥补回来。他知道，虽然德夫琳认为这些并不重要，但自己却绝不容许自己深爱的女人再受一点委屈。

2016 年 2 月的世界 MMA 综合格斗大奖颁奖典礼上，麦格雷戈成为世界 MMA 最佳男运动员。在接受媒体采访时，他又想起来了那段依靠女友"穷养"的岁月，他说："我们在一起八年，过了很多困苦的日子。她却如此相信着我，鼓励着我，没有她，就不可能有今天的我！如果有人问我获得胜利的秘诀是什么，我告诉大家，是爱！"

光阴浇灌的优雅之花

1970 年 8 月 31 日，她出生于科威特的一个巴勒斯坦裔平民家庭。小时候她便是一个美人胚子。在传统的阿拉伯社会里，女人的地位比较低，一个天生丽质的女人完全可以依附着男人过无忧无虑的生活。但她不同，她并未因自己的美丽而沾沾自喜不求上进，恰恰相反，她不仅聪明而且非常勤奋，无论在科威特国际学校求学还是在开罗的美国大学攻读工商管理，她一直都是成绩最好的学生。毕业后，她先后在花旗银行和苹果公司任职，凭借自己的努力成为令人艳羡不已的金领。

她的优雅与生俱来，身边一直不乏追求者，但她却坚信缘分天定。1993 年 1 月，她在一次晚宴上认识了牛津大学学生阿卜杜拉，两人一见钟情，感情迅速升温。仅仅过了半年，22 岁的她便和阿卜杜拉闪婚了。

直到结婚前夕，她才知道，原来阿卜杜拉出身约旦王室，而且还是时任国王侯赛因的长子。面对突如其来的消息，她没有表现出任何震惊与失态，她只是微笑地听着。在她心里，阿卜杜拉是什么出身并不重要，重要的是他现在是自己的丈夫，而且他深爱着自己。

她的婚后生活平淡有序，但是在 1999 年，一切改变了。那一年，老国王侯赛因在弥留之际把王位传给了阿卜杜拉，于是，在 28 岁的年纪，她成为当时世界上最年轻的王后。

成为一个国家的王后，她虽然有些意外，却并不慌乱，除了要履行王后的责任，她依然按照自己的步调生活着。

虽然成为王后，但她从不因循守旧，也从不高高在上，她热爱自由并且非常关注平民，致力于改善约旦国内的教育；她开个人网站，借助这通达全球的媒体，她消除了不少世人对阿拉伯世界的偏见；她爱玩微博，喜爱流行文化，2008 年出访法国时，除了会见萨科齐夫妇，她还见了 U2 乐队主唱波诺，2009 年，苏珊大妈一红火，她随即就在微博上跟帖为苏珊大妈打气；虽然王室公务忙碌，做母亲很辛苦，但她还有精力写儿童书，还能写成畅销书，由于热心慈善事业，她的四本书的收益都捐献给了教育慈善机构。

作为焦点人物，她的一举一动备受关注，虽然从未刻意表现，但骨子里的优雅还是展露无遗。美貌、智慧、亲切、善良，不知不觉间，她已成为阿拉伯世界最激励人心的女性。

2009 年 6 月 9 日，在阿卜杜拉登基 10 周年的庆典上，她特地穿了 10 年前丈夫登基那天她穿的衣服，为了配合时尚潮流，她还给衣服加上了银色的腰带，并把袖子改短。这就是她的风格，巧妙地将现代与传统进行了完美结合，无论是服饰还是生活都是如此。

这位貌美的约旦王后，五官永远轮廓分明，衣着永远时尚迷人。她在接受美国名嘴奥普拉·温弗瑞采访时说："很多人以为，时间是最大的敌人，但对我而言并非如此，要看你怎么理解时间与生活。随着时光的沉淀，我发现自己越来越自信，越来越稳重，不会在小事上纠结。所谓'变老是坏事'的看法是错误的，我没想着要对抗年龄，我只会忙于当下，接受它，享受它。"

在这番简单的话语里，我们终于捕捉到了她永葆优雅的秘诀：只要拥有自信上进的心灵，时光的河流就会浇灌出永远优雅的花。

她就是约旦王后拉尼娅，被誉为"世界上最美丽、最优雅的王后""阿拉伯世界的戴安娜"。

流行歌星当总统

2011 年 4 月 20 日，米歇尔·马尔泰利当选新一届海地总统。引人瞩目的是，马尔泰利并非传统意义上不苟言笑的政治人物，恰恰相反，他以夸张假发、苏格兰呢裙的舞台形象和带有政治味的海地孔帕音乐走红歌坛，是一名极受欢迎的流行歌星，被称为"甜蜜米奇"。那么，他是如何从一名流行歌星成为总统的呢？

马尔泰利1961年出生在太子港一户富裕家庭，他性格外向，乐于助人，从小就表现出极高的音乐天赋。高中毕业后，马尔泰利进入军事学院学习，但生性自由的他很快因违反校纪被开除。退学后的马尔泰利第一次开始思考制度与公民的关系，这也促使他决定移民美国。

在美国，马尔泰利进行了系统的音乐学习，音乐素养不断提升。同时，美国的自由民主思潮也深深影响了他，虽然身在美国，他也一直关注着祖国，海地动荡的政局让他常常担心不已。1987年，他不顾家人反对，毅然回到了海地。

最初，马尔泰利想用音乐给灾难深重的海地人民带来欢乐，他选择了海地传统艺术"孔帕"。"孔帕"是海地独有的音乐品种，素有"海地的弗拉门戈"之称，马尔泰利创作了十几张"孔帕"舞曲专辑，在将"孔帕"发扬光大的同时，他也成为家喻户晓的流行歌星。

促使马尔泰利参加总统选举是因为一件小事。在一次演出时，他目睹了几名忠实歌迷被粗暴的警察强行带走，而罪名却是莫须有的妨碍公共安全。当他为歌迷据理力争时，竟然受到了几名警察的公然索贿。这件事让他深深意识到，海地国内的腐败与体制的弊端已经到了不可救药的地步，而仅用音乐已经无法改变祖国的现状，也不会给同胞带来真正意义上的幸福。

2010 年 11 月，49 岁的马尔泰利宣布参加总统选举。此时，他已是四个孩子的父亲，并且没有任何从政经验。但他在选举中表现很出色，他充分利用流行歌星的身份，将自己的政治主张音乐化。见惯了枯燥政治的海地选民很快被吸引了过来，而在竞选期间，他打出的消除腐败、推行改革等"变革牌"更是赢得了海地年轻人的极大支持。

但是，第一轮投票结果却让人大跌眼镜，马尔泰利仅列三名候选人的最后一名。投票结果公布后，海地几大城市相继发生大规模抗议活动，抗议者指责执政党徇私舞弊。迫于压力，2011 年 1 月，团结党候选人塞莱斯廷退出了竞选，马尔泰利进入了第二轮角逐。

经过第一轮投票风波，第二次投票过程显得更加平静有序。2011 年 4 月，海地选举委员会公布了第二轮投票初步计票结果，马尔泰利以压倒性优势击败了另一候选人马尼加。

虽然赢得选举，但马尔泰利并未因此而骄矜自满，他坦然承认曾经吸食可卡因，但目前已经成功戒毒。此外，反对派质疑他从政"零经验"加上不羁的个人形象无法胜任总统职务，但马尔泰利并不在意。他公布了自己的工作计划，半年内将着手处理海地亟待解决的问题，第一要务是帮助地震灾民走出帐篷，并采取措施应对霍乱、发展农业，然后是清除腐败，改革民主制度等。

马尔泰利说："我们需要依靠变革来消除腐败，让司法系统正常运转；强化政府职能，让警察各司其职；我们需要重塑政府形象，让公民安居乐业。对此，我充满信心！"

流行歌星能当选总统，正是因为他有一颗深爱祖国的赤子之心和为同胞谋福祉的高尚情怀。

第三辑

看世界：非凡的创意和绝妙的点子

有这样一群人，他们怀揣梦想，步履艰难地攀爬在人生的山峰上。现实的无奈激发了他们丰富的想象力，使他们有了非凡的创意，产生出新奇的点子。而这些创意和点子最终影响和改变了世界。

自己动手建个小岛

2009 年 7 月的某一天黄昏，英国男子理查德·舒沃利独自一人在墨西哥加勒比海岸伫立良久。他看着面前缓缓起伏的蔚蓝色海水，心中突发奇想：如果能有一座属于自己的小岛，如果能住在小岛上吹吹海风晒晒太阳，那将是一件多么浪漫而惬意的事情啊！

三个月之后，舒沃利真的拥有了这样一座小岛。

他为这座小岛命名为"螺旋岛"，小岛方圆近 300 平方米，是用 12 万个废塑料瓶搭建而成的，地点就位于墨西哥加勒比海岸的一个潟湖上。

建造这个小岛花了舒沃利足足三个月的时间，为此，他耗费了很大精力。首先，他用很少一笔钱从当地的垃圾收购站收集了 12 万个废塑料瓶；然后他把这些本应被填埋的废旧塑料瓶装进编织袋，并把它们固定在栈板上；随后他用简单的地锚装置将这个简陋的模型固定在海水中，这时小岛的雏形就出来了。之后他开始了更为复杂的建造，先是利用剩余的废塑料瓶在小岛上搭建起一座简易的房子，又经过精心修剪在小岛上开发出一片小小的海滩。他还建造了两个小型游泳池。更令人称奇的是，利用太阳能装置，舒沃利还制造出了一个美丽的小瀑布。

经过不懈的努力，舒沃利终于实现了自己的梦想，创造了一片只属于自己的乐园。他把这座人工岛建造于旅游胜地坎昆附近的女人岛，目前他已经入住"螺旋岛"很长一段时间了。

如果你认为舒沃利是一个浪漫的艺术家，为了享受与艺术才会做出如此惊人之举，那么你错了。事实上，他绝不是一个贪图个人享受的人，恰恰相反，他是一名环保学家，他的行为更具有极大的现实意义。

舒沃利说："我不是科学家，我是一名环保人士，相对于科学，我更相信大自然的力量。我做了这个试验，我从当地的垃圾收集点获得了这些瓶子。我想，垃圾问题是我们的一大问题，要是我们能够建造更多的这种瓶子岛，那么我们就不用为找地方放置它们而发愁了，而且我们可以通过这种方式把垃圾变废为宝，让它们变成陆地。"

舒沃利表示，塑料瓶虽然是人造的，但是它们很容易与周围环境融为一体，随着珊瑚在小岛下面定居生长，这些小岛会继续扩大，这样就能建造一个真正意义上适合人类居住的岛屿。为了向世界宣传这座环保小岛，舒沃利每天都会划船到海岸，去迎接来自世界各地的想帮他继续这项宏伟工程的游客。

其实，这座小岛已是舒沃利建造的第二座人工岛。早在 1998 年他曾利用 25 万个塑料瓶在墨西哥普尔图·埃文图拉近海建了一座更大的小岛，但是由于技术含量较低，那座小岛被 2005 年的"艾米丽"超级飓风摧毁了。这一次舒沃利汲取了教训，"螺旋岛"所建的地方受到了严密而特殊的保护，从而能够有效地避免这种极端自然现象造成的危害。

现在，舒沃利的小岛已经吸引了越来越多人的关注，人们除了惊叹他非凡的想象力与创造力之外，也更关注小岛的环保意义。目前，已经有数以万计的人加入舒沃利的造岛计划中。

舒沃利的故事告诉我们，梦想其实并不遥远，只要怀有一颗执着进取的心，一切都可成真。

"汤姆猫" 夫妻的成功路

凯瑟琳 2010 年 5 月就职英国温莎市市长，是英国历史上最年轻的市长。凯瑟琳的丈夫汤姆是当地议员，两人被称为英国政坛"汤姆猫"。"汤姆猫"本是用来指好莱坞明星汤姆·克鲁斯和妻子凯蒂·霍姆斯的，被冠以这一称号也显示了这对夫妻在英国的受关注程度。

2001 年，沉稳低调的汤姆和美丽开朗的凯瑟琳在沃里克大学一见钟情堕入爱河。由于汤姆 16 岁就加入保守党青年团并成为这一团体主席，耳濡目染之下，凯瑟琳也开始关注政治。

凯瑟琳决心参政源于两人 2007 年结婚之后发生的一件事。当时，正在外地享受甜蜜旅行的夫妻俩突然被告知必须迅速返家，因为他们的车辆违规停放挡住了邻居的路，被邻居投诉了。其实这个问题凯瑟琳早已意识到，但政府对于社区管理的不重视让他们一直无法找到合适的车辆存放位置。两人的蜜月旅行就此戛然而止，凯瑟琳心情郁闷之余，也产生了一个新的想法，她要追随汤姆参政，为改善居民的生活现状而努力。

2008 年，没有任何政治背景的凯瑟琳击败对手当选为温莎市副市长。此时，一些人认为凯瑟琳凭借容貌赢得选举，并在当地报纸上发表了一些不利于她的言论。凯瑟琳对此置之一笑，她说："我的当选不是因为漂亮，我是本地人，这会对我竞选市长有所帮助，但更重要的是，我知道人们想要什么。例如街上需要更多警察，如何减少夜总会噪音和提供更好的停车条件，因为我也想要这样。"

汤姆在此时给了妻子足够的支持，他说："你们低估了凯瑟琳，可能认为她是一个花瓶，但事实上，她的能力很强。"

在两年的副市长任期内，凯瑟琳成功改变了那些质疑者的看法。她主管的市政建设卓有成效，在她的努力下，社区变得规范有序。人们发现，她确实是热心参与政治的，而她漂亮的容貌与不凡的谈吐更是博得了市民们普遍的好感。2010 年 5 月，凯瑟琳以压倒性的优势当选为温莎市市长。

涉足政坛三年就成为市长，凯瑟琳的仕途显然比汤姆要顺利得多，但这并没有影响夫妻之间的感情，两人的生活在众多目光的关注下依然浪漫而平凡。

汤姆说："一些朋友常拿我们开玩笑，因为与凯瑟琳相比，我这一生更加政治化，而她只参政三年，职位已经高于我。"

凯瑟琳同意地说："起初，我总是那个走在汤姆身后的人，但现在，情况反过来了，我不希望被人称作市长夫人，因为这是对市长妻子的称呼。我会继续以人为本的工作生涯，作为市长我将更多以社区为本位而不是政治，这是我最喜欢的。"对于妻子的政治主张，汤姆深表赞同并且积极支持。

汤姆夫妻原本经营着一家人力资源公司，凯瑟琳出任市长后暂停参与公司事务，全职投入市长工作中，汤姆则独自承担起人力资源公司的经营管理。夫妻两人一唱一和，小日子过得有声有色，在当地树立了良好的公众形象，也为众多英国夫妻做出了一个好榜样。

在2011年初的一次民意调查中，凯瑟琳的执政能力得到了充分认可，而汤姆则被当地媒体评为"最佳丈夫"。现在，夫妻俩正信心百倍，携手并肩向着理想人生大步迈进。

别出心裁打广告

1963年，一家名为新光的保险公司在台北开张了，它主营产物及人寿保险。在当时，保险行业还属于新生事物，一段时间内，在台湾林林总总开设的大小保险公司就多达百家。新光保险公司把目光盯在了保险行业尚不发达的台湾东南部，但是，如何才能迅速打出知名度呢？新光保险的吴老板发起愁来。

当时的电视广告很少，广告多是在电影院中插播，但是一来费用昂贵，二来电影上座率也高低不一，有时花一样的钱起到的效果却不一样。怎样花最少的钱达到最好的效果呢？吴老板绞尽脑汁终于想到了一个办法。他亲自骑着摩托车跑遍了台湾东南部各镇，考察了电影票房情况，并且安排部署了一项绝妙的广告。

　　吴老板把上座率高的电影院资料收集好后，就在每家电影院安排了一个工作人员。在电影放映间隙，观众大多数都在闲聊，根本没几个人注意银幕上各种花大价钱做的广告。这时，新光保险的工作人员来到了电影院的工作室，他付了五元台币，要求电影院播出一则紧急寻人启事，内容是要新光保险公司的某某某听到广播后立刻到工作室，有急事。喇叭声一响，观众的注意力都被吸引了过来，寻人启事的结果当然是要找的人一直没来。于是每次电影播放的间隙，新光保险公司的寻人启事就不断播出。一传十十传百，新光保险公司的名气竟然通过这种方法大起来。短短半年时间，台湾东南部人人都知道有个新光保险公司。

　　通过这种另类的方法，新光保险公司脱颖而出，率先抢占了保险行业的市场，再加上勤劳务实的吴老板精心筹划、细心经营，很快在台湾东南部站稳了脚跟。公司营业额从1966年到1969年四年内增长近10倍，从两亿多元增到20亿元，一举奠定了新光人寿在台湾中南部的地位。

　　如今，新光保险公司在台南已是一块金字招牌，没有人不知道它。那位巧打广告的吴老板正是在台湾商界如雷贯耳的新光集团创始人吴火狮。

鲨鱼苗与大鲨鱼的斗争

1993 年，河南一家小型国有食品公司在惨淡经营数年之后，终于开始了艰难的体制改革。但是，行业内部激烈的竞争形势却不容乐观，面对当时国内食品加工行业中如日中天的双汇、雨润，这家小公司显得弱不禁风、不值一提。

面对国内食品市场形势，当家人朱献福最担心的不是商品经营问题，而是同行业间的竞争与打压。特别是同在河南的漯河双汇集团，更给了朱献福很大压力。有一句名言说道：大树底下不长草。如何在强者的环绕下生长，是公司绕不开的课题。

但事实证明，朱献福的担心是多余的，因为他遇到了一个虽然强大但并不蚕食同类的对手——双汇的当家人万隆。当时有人建议万隆灭掉在双汇身边崛起的这家食品公司，但万隆说，这个行业太大了，双汇一家是做不完的，有精力去打对手不如花时间去做市场。

每当忆及此事，朱献福总是充满感激之情，他由衷地赞叹说："这才是行业领袖的风范。"因此，朱献福一直尊称万隆为"老大哥"，还和万隆成为忘年之交。

但是，大鲨鱼毕竟还是大鲨鱼，它的容忍度是有限的，当统治空间被挤压，感受到鲨鱼苗的威胁之后，大鲨鱼还是毫不犹豫地开始了领土争夺战。1996 年初，面对被挤压的市场份额，大鲨鱼和鲨鱼苗打起了激烈的市场争夺战，那场战斗是从许昌打响的。

众所周知，营销网络是现代企业的生命线。肉制品加工企业生产的是普通消费者一日三餐离不了的生活必需品，谁控制了销售终端，谁就能使自己的产品和更多的消费者直接见面，其重要性不言而喻。当时朱献福的公司在业内率先开起自己的专卖店，尝试着把生产和销售连接起来。第一批专卖店在许昌开业后，很自然地引起了业界的注意。一城之隔的"双汇"闻讯后立即行动起来。据说，当时"双汇"内部提出了这样的要求：竞争对手的店开到哪里，双汇专卖店也要开到哪里，两店距离最远不能超过 50 米！

虽然时光流逝，八年之后朱献福回忆起这件事，感受仍然只有两个字：惨烈。当时"双汇"已经全国闻名，并天天在中央电视台新闻联播后的黄金时段做广告，而自己的公司改制不过两三年。既然两家的专卖店开在一起，普通消费者自然要选择名气大的那一家。面对实力十倍于己的竞争对手志在必得的态势，朱献福铩羽而归。

兵法上说：三十六计，走为上策。但是这次朱献福的"走"不是败走，而是转移。在"双汇"全面撒网、逐步推进的时候，他开始另辟蹊径。

朱献福的蹊径来自副总本连科从营销专家那里学到的"杯子和盘子"的理论：盘子的直径很大，但它的底很浅，盛不了多少水；而杯子虽然看起来不大，可它的容积要比盘子大多了。可以把中国市场比成一个盘子，虽然中国人口很多，但是真正具有购买能力的人相对来说并不多，而大城市和发达地区市场就是杯子，企业要想"喝到水"，用"盘子"就不如用"杯子"。

受此启发，朱献福把企业的营销终端定义在看似口很小的"杯子"上。一方面，他坚持不断提高产品质量，另一方面，他开始派出专业人员，占领"杯子"里的剩余空间。这个办法果然很快就见到了效果。产业化经营、区域化布局、专业化发展、标准化管理、国际化运作，提升了区域农产品综合竞争力，他的公司迅速在全国主要农区布局农产品加工和低温物流基地。其中河南布局五个基地，全部建成投产后生猪加工能力占河南省年生猪出栏总量的1/10，将成为河南省最大的速冻蔬菜加工出口基地。

2006 年 2 月，这家一度步履维艰的小公司在美国成功上市；2007 年 12 月，公司转升纳斯达克全球精选板，成为中国食品行业首家纳斯达克主板上市公司，公司的经营业绩得到了海内外投资人的广泛认同。

这家公司就是众品食业。目前，众品通过实施"万村千乡"市场工程，已经形成了覆盖城乡的市场网络和低温物流供应链，品牌影响力不断提升。众品商标荣获中国驰名商标，众品牌冷鲜肉和众品牌低温肉制品荣获中国名牌产品称号。

可以说，现在的众品食业已经完全成长为一条同行业内举足轻重的大鲨鱼。面对辉煌，众品当家人朱献福坦言，如果当年不是和双汇公司在资本市场的互动，众品在纳斯达克不会如此成功。因为，大家从大鲨鱼身上看到了鲨鱼苗的愿景和发展空间。所以，每一条初涉大海的鲨鱼苗都应当感激那些大鲨鱼，因为它们在追杀你的同时，也教会了你如何生存。

鱼和鱼缸有关系吗

"中国没有建筑，只有房子。"几十年前，著名建筑学家梁思成先生一针见血地指出了中国建筑行业的落后现状。

此后的很长一段时间里，中国成了国际建筑师的试验场，国内的重大标志性项目的设计权纷纷被国外设计师获得，甚至有的项目在招标中竟规定，国内设计单位必须和国外设计机构组成联合体才能参与投标。

进入 21 世纪之后，这种情况愈演愈烈，中国建筑师都在为市场前景忧心忡忡，中国本土建筑设计业彻底落入了低谷。就在这时，一位北京小伙踌躇满志地从美国回到了北京，不久，MAD 建筑事务所在北京宣告成立。

在国外设计公司林立的中国市场，要占得一席之地谈何容易，但这个小伙子竟然用极短的时间就站稳了脚跟，随后，一件件石破天惊的作品横空出世。2004 年 9 月，广州 800 米双塔震惊了世界建筑行业，他和他的设计公司也因此一炮而红。2006 年的广州国际生物岛、长沙文化中心，2007 年的厦门博物馆、三亚凤凰岛、世界岛之东京岛、鄂尔多斯博物馆，2008 年的中标北兵马司胡同 32 号、嘉德艺术中心、北海海湾新城，一个个在中国建筑界响当当的著名作品都出自他之手。

他的成功秘诀是什么呢？答案很简单，一切源于设计理念。

"鱼需要鱼缸吗？""什么样的空间才是最适合人需求的呢？"他一直在思考和研究这些带有哲学性的建筑问题。正因如此，他的理念才超脱了建筑本身，达到了另一个高度。

在 MAD 建筑事务所的办公空间里，放着一个不大的鱼缸。他说："我们用摄像机拍摄鱼的活动，在电脑里分析它们的行为，发现了它们的一些习惯，并按照它们的生活需要设计了一个鱼缸。但后来我们想，鱼一定要跟鱼缸有什么关系吗？与忘情于江湖相比，什么样的鱼缸都是对鱼的限制。人类从住山洞到住帐篷，现在又住进城市中方盒子一样的建筑里面，每一次技术进步都改善了人的居住条件，同时也更多地限制了人与自然的交流和自由的生活。我们在拥有了如此高水平的技术之后，应该思考的是，如何让人们生活得更开放，如何利用技术，更尊重人的选择，让空间尽可能拥有自己的个性，而不是限制。"

由于具备了哲学与人文的思想，他建筑理想的展现似乎总是有点突兀。当人们以为会出现一个棱角的时候，他给出了一个曲线；当人们期待一个新高度的时候，他却拿出了一个平面。他的设计形态各异，却都命中注定般烙上了 MAD 风格，他的设计前卫大胆，却似乎总能与周围环境达成一种戏剧化的和谐。

在占领国内市场的同时，他还将触角伸到了国外市场。2006 年 9 月，在加拿大第七大城市密西沙加市，一场建筑设计方案确定的宣布仪式上，市长宣布中标者是一位来自传统意义上的建筑设计弱国中国的小伙子时，整个城市沸腾了。那一年，他年仅30岁，却创造了奇迹，成为中标国外标志性建筑第一人。

他说："从早上开始，我就不断接受当地媒体的采访，包括在电台和电视台做现场直播节目。后来，密西沙加市的市长还亲自给我写了一封信，感谢我为城市设计了一个这么好的建筑。"

翻开他的履历表，我们可以看到，在美国期间他已锋芒毕露。2002年刚刚取得耶鲁大学建筑学硕士学位他便独力完成了"浮游之岛"——重建纽约世界贸易中心方案，这个独树一帜的方案获得了各方赞誉，并在后来被中国国家美术馆永久性馆藏。

在建筑的无人区里，他左顾右盼，信手拈来便是一片令人叫绝的绝妙涂鸦。无论是因纽约世贸大厦重建方案"浮游之岛"而成名于纽约，还是获得上海国家软件出口基地国际竞赛一等奖、上海现代艺术公园概念设计竞赛一等奖，包括最近获得的广州生物岛广场国际设计竞赛的胜利和"玛丽莲·梦露大厦"设计权的获得，他和他的伙伴们一直在坚持着同样的设计思想。

他说："对于我们来说，更重要的是传播我们的理念，那就是，建筑应最大可能地满足人的需求，这是必然的未来。我们的建筑绝不能只追求形式上的新奇怪异，而是要创造未来。"

说这些话时，他目光闪烁，全身上下洋溢着理想主义的光芒。

他就是马岩松，北京 MAD 建筑事务所创始人，现代中国建筑设计行业的扛鼎人物。

请带孩子来上班

2010 年 8 月 13 日，一家位于北京的国际知名的大公司办公室里热闹非凡。与平常繁忙压抑的气氛不同，今天的办公室里充满了欢声笑语。因为公司迎来了一群特殊的访客，60 多名小朋友跟随自己的父母或亲人一起来到了这里，体验了暑假里最难忘的一天。

快乐的一天里，孩子们了解了简单易懂并且有趣的互联网产品，同时，公司大厨更是给孩子们献上了一堂精彩的"烹饪课"。孩子们亲自动手，兴致盎然地跟着大厨学习制作各种点心，并与亲人们分享了劳动成果。同时，极富童趣的"Doodle（涂鸦）绘画"也吸引了众多孩子的兴趣，大家争先恐后地进行涂鸦并向大家展示自己的作品。

随后进行的"跟大人一起开会""收集叔叔阿姨签名"等活动，更是锻炼了孩子们的沟通能力，让他们更加了解了大人的工作，加强了双方的了解和沟通。下午，公司的全球副总裁刘允博士主持了一个特殊的工作会议，会议现场出现了三位小朋友的身影，他们正襟危坐担当了公司的特邀嘉宾。刘允博士结合会议主题和孩子们进行了亲切交谈，并耐心听取了小嘉宾们对于公司发展的意见，让小嘉宾们真正做了一次"公司员工"。

下午下班的时候，几乎每位小朋友都是恋恋不舍地离开公司的。短短一天的跟从父母工作的经历，使他们对父母的工作有了深刻的了解，同时也对父母为了工作而缺少与自己相处的时间表示了充分的理解。

孩子们的欢声笑语让做父母的由衷高兴，每一位父母在高兴之余，也都充满了感激之情。在市场竞争异常激烈的状况下，公司能抽出宝贵的工作时间让员工与孩子们一共快乐度过，除了体现出公司对每一名员工的尊重之外，还体现出了公司一直倡导的企业文化，那就是"尊重员工，快乐工作"。中国人重情义，滴水之情当涌泉以报，在这样有人情味的公司里工作，每一名员工都暗暗下了决心，一定要好好工作，为公司贡献自己所有的力量。

这家公司就是世界著名的网络公司 Google（谷歌）。

这项源自 Google 全球的"带孩子上班日"是第一次在
Google 北京办公室举行，旨在为员工营造良好的工作环境，
借助轻松的企业文化创造出绝妙而富有创意的产品。作为
连续三届荣获中国最佳雇主的公司，Google 一直相信员工
是公司成功的重要因素。Google 推崇愉悦的工作环境，让
员工的灵感随时被激发，并去创造出永远超越自己的辉煌。

其实，对于任何一家企业来说，人文的关怀都胜过行
政命令和经济考核。一盏茶、一杯水，甚至一句暖心的问
候，都会让自小受到传统教育的中国员工知恩图报。而谷
歌通过这样一项活动，除了增强了员工的忠诚度之外，更
树立了良好的公司形象，为企业开展业务和吸引人才打下
了坚实的基础。

84 场婚礼打造绝妙广告

26 岁的马克和 30 岁的丹尼丝·托马斯是英国伦敦市的
一对"新婚夫妇"，他们 2009 年 8 月结婚，在国外度过蜜
月后，他们仍感到意犹未尽。他们的梦想是游遍世界，但
是，作为一对新婚夫妻，他们缺少足够的积蓄。夫妻俩忧
伤地想，等有了足够的钱，新婚夫妻都已成了老夫老妻，

能否再找回蜜月的感觉实在难以预料，他们只能默默祈祷。

或许是夫妻俩的虔诚感动了上帝，2010 年 1 月，他们发现一家名为"逃跑新郎新娘"的蜜月旅游公司正在举办一个招聘"蜜月测试者"的有奖大赛。大赛规定，任何新婚夫妇只要赢得竞赛，就可以免费环游世界六个月。夫妇俩立即意识到这是一次实现梦想的机会，他们精心准备了一份 80 秒钟的参赛录像，把他们关于蜜月的奇思妙想全部放入其中。功夫不负有心人，他们一举赢得了这份"梦幻大奖"。

2010 年 5 月，托马斯夫妇开始了他们的环游世界之旅。他们先后游历了五大洲，并在环球之旅中举行了一次又一次的婚礼。他们在美国纽约先后举办了五场婚礼，其中两次婚礼是在纽约中央公园举行，第三次婚礼在纽约帝国大厦的顶楼举行，第四次婚礼则在每晚住宿费高达一万美元的纽约瓦多夫·阿斯托里亚高档宾馆中举行，而他们在纽约的最后一场婚礼竟然是在一辆黄色出租车的后座上举行的。

夫妻俩喜欢上了这种感觉，他们的创意层出不穷。在非洲国家肯尼亚的野生动物自然保护区，他们在游牧部落马赛人的村庄中举行了一场"游牧部落传统婚礼"；在约旦，他们在瓦迪拉姆沙漠上举行了一场贝都因人风格的婚

礼；两人还在"逃跑新郎新娘"公司的所在地爱尔兰进行
了三趟旅行，并在爱尔兰的各个风景胜地和文化遗址上举
行了多次婚礼。在"逃跑新郎新娘"公司的推动下，他们
曾在一周时间中举行了十场婚礼。

　　在六个月时间中，托马斯夫妇总共在世界各地连续举
行了 84 场婚礼，加上他们去年 8 月举行的第一场婚礼，托
马斯夫妇已经总共结婚 85 次，一举打破了由以前一对新婚
夫妇创下的总共举办 83 场婚礼的世界纪录！

　　他们的最后一场婚礼是在澳大利亚昆士兰州的土著人
当中举行的。在那场土著传统婚礼上，托马斯夫妇的脸上
都被涂满了油彩，并且头上还插上了鹦鹉羽毛。马克接受
记者采访时激动地说："我想我们是世界上最幸福的夫妇，
在过去六个月的每一天里我们都在度蜜月！"

　　其实，最幸福的并不是托马斯夫妇，"逃跑新郎新娘"
公司才是最大的赢家。原来，这次活动就是公司精心策划的
一次广告，而托马斯夫妇赋予了这次广告以灵魂。他们每到
一处都举行婚礼的创意令公司老板极为满意，公司还主动帮
助他们申报了吉尼斯世界纪录，并不遗余力地进行宣传。据
悉，托马斯夫妇的新闻一见诸报端，"逃跑新郎新娘"公司
的生意立刻变得好得出奇，业务量增加了三倍之多。

　　真正的好广告就是在不知不觉中就俘获了顾客的心，

"逃跑新郎新娘"公司的老板显然是深谙此道。他们投入巨资打造的这场"超级婚礼"真人秀，不仅让那些大小媒体蜂拥而至免费替他们增加知名度，更赢得了每一位沉浸在爱情中的青年男女的心。

桔子酒店的成功之道

2006 年，一家叫作桔子的经济型酒店在北京开张了。短短两年，酒店的整体入住率就已经高达 80%。随着一家家分店的陆续开张，桔子酒店受到越来越多的关注。在五星级酒店林立的北京，一家经营成本并不高的商务酒店是如何取得如此骄人的成绩呢？

酒店创始人吴海在开酒店之前做过不少工作。有一次出差，他在国外住过一家酒店，房间里摆着老式电视，桌上的鱼缸里有条金鱼，下面的牌子上写着"我叫提娜，未来几天我将和你一起度过"，还有"我吃饱了，你不用喂我"等内容。吴海觉得房间因为这条鱼的存在而有了生命，联想到在国内酒店的所见所闻，两相对比，他敏感地意识到，中国的酒店业仍有很大的市场潜力。回国后，他辞去原来的工作，转为经营酒店。

吴海是个讲究个性的人，由于不修边幅，他在工作期间曾被同事误认为是"一个花匠"，他也将这种生活方式带入自己的酒店经营中。他为桔子酒店的定位是五星级酒店的颠覆者，因为他要求酒店要带给客人五星级的享受，但付出的价格却要是颠覆性的。

桔子酒店面对的顾客群极为广泛，有富人，也有平民百姓，但他们都不是要借助这个酒店来显示自己的排场，而是要追求"与众不同"。就像现代人对服装的选择越来越不注重品牌，而更加关注如何穿出个性一样。

吴海说："顾客想与众不同，没问题！我就来提供'与众不同'，当然前提是他们在这里一定要住得好。"为此，他不惜成本，大胆推广酒店设计师的概念来满足这种需求。

他将在国外见到的鱼文化引入了酒店经营，此外，如无线网络覆盖、每天给客人送上的橘子、用居家使用的木地板代替地毯、透明的卫生间、榻榻米床等，也处处显示出桔子酒店的与众不同。

吴海认为，酒店要努力靠近客户，并不是从客户踏进酒店的大门开始，而要从客户第一次听说"桔子酒店"品牌的时候开始。他说："'听说我'也是品牌的一部分。任何一个客户接触到我们的环节，都是服务的关注点。"因为有了全方位全过程的细致策划，桔子酒店成为许多顾客来北京住宿的首选。

桔子酒店的成功除了吴海个人的创意，与他的经营团队也密不可分。吴海很清楚团队的价值，据说他的团队是当时国内同行中最有经验的线下运营和谈判团队。口恶心软的吴海表示，自己不会轻易开除员工，普通员工犯错，他会在管理人员身上找问题。他也相信，用熟悉的人永远没错，相互知根知底的人比较有默契，价值观也趋同，工作中不易产生矛盾。他说："我始终坚持一个原则，不能因为钱而失掉朋友与合作伙伴，这样至少到了落魄的时候也能叫几个人一起吃饭、打牌。"

吴海凭借这种原则聚拢了一些真正的伙伴，但他仍坦言："经常会担心，我是不是做错了什么。如果我错了，请你们一定告诉我。"

桔子酒店的成功正是得益于这种前卫的经营理念和牢固的团队力量，有了这两点，吴海想不成功都难。

请你上"床吧"

如果有个漂亮女孩对你说，请你上"床吧"，你会做何感想呢？是落荒而逃还是饶有兴趣地听听下文？但是，无论你做出哪一种选择，这个女孩都会让你印象深刻，而当你明白了她所说的"床吧"的真实含义并且尝试了"床吧"，你一定会会心一笑并且成为她的常客。

这个女孩名叫郑丽，她在上海有一家独一无二的床吧。在店里没有桌椅，全是大小不一各式各样的床，大胆新鲜的经营项目让她年纪轻轻就成了小富婆。

其实，开"床吧"的创意纯属偶然。2006 年，郑丽考公务员失败心情沮丧，便独自一人到西安散心。在当地的"农家乐"饭馆里，她见到一张独特的大炕，它不仅是用来休息、睡觉的床，在上面放上一张短腿小炕桌，就又成了吃饭、会客的地方。

见到这张多功能床，郑丽突然想起在网上看到的"床吧"的故事：法国国王路易十四来到一名平民女子家，可女子家太穷，连一张桌子都没有。女子急中生智，把饭菜摆上床，于是二人在床上享用了甜蜜浪漫的一餐。路易十四对这种用餐方式非常喜欢，便命人制作了一张既可休息又可用餐的床，后来民间纷纷效仿，演变至今就变成了"床吧"。

郑丽想，床象征着温馨、随意、舒适，如果在生活节奏快的上海开一家"床吧"，会受欢迎吗？回到上海，她把这个想法告诉了朋友，大家都觉得十分有趣。有一个爱开玩笑的朋友还学广告语说："站没站相，坐没坐相，我说身体喜欢才是真的喜欢。"听了朋友的话，郑丽坚定了开"床吧"的信心。

2007年2月，郑丽的"床吧"开业了。"床吧"里用格子木架隔成大小不一的包间，靠过道一侧是一扇活动门，每间都配有拖鞋、矮桌、床毯等设施，这种设计能让顾客充分感受到无拘无束的独特魅力，或坐或卧，或吃或玩，一切随意。这种新鲜的创意很快引来了顾客盈门。

然而，正当郑丽为生意火爆而高兴时，外面却谣传"床吧"经营不正当生意，有一些客人在床上做不规矩的事，"床吧"的生意一落千丈。郑丽想，要扭转人们对床的不健康联想，就一定要进行改造，突出床的经营特点。于是，她把包厢的全封闭结构改为半封闭。如此一来，既尊重了顾客的私密要求，又增加了"能见度"，这一改进也让流言不攻自破。

虽然生意很好，但郑丽一直不放松对"床吧"功能的探索。有一天，一个顾客对她说："我很喜欢这儿舒适温馨的环境，特别是这张床，躺在上面喝咖啡，比在咖啡厅享受多了。"这番话启发了郑丽，从前，她一直将"床吧"定性为餐厅，每天经营中午和晚上两个时间段，却忽略了床的最大魅力在于休闲。于是她将"床吧"调整为休闲场所，同时提供餐饮服务，收费改以小时计算，食物和酒水另计，她还在门口挂上了新的宣传语："床是最好的休憩之地，床吧——像家一样温馨，比家更随意。"这一举措令"床吧"的营业额得到了大幅提升。

如今，在"床吧"里，人们可以与爱人共享晚餐，可以拉上三五好友共度休闲时光，甚至多年不见的老同学可以挤在一张床上重温当年住集体宿舍的感觉。床的功能被充分挖掘出来，人们也把对床的依恋带到了"床吧"里，郑丽自然也赚了个盆满钵满。

破烂王的生意经

在众多行业中，收破烂无疑是最令人看不上眼的一个，许多人在教育孩子时，都会说，如果你再不努力学习，长大了你就收破烂去吧。但是在杭州，却有一个人把收破烂当成了一生的追求，他叫李申奇。

由于家境不好，李申奇很小时就捡过破烂。每次把捡到的东西送到垃圾收购站，工作人员会耐心地把垃圾分好类，然后付给他钱，这时他有一种奇妙的感觉，觉得那些工作人员是那么亲切，那些垃圾在分类之后也显得井然有序。

　　初中毕业，李申奇开始做生意，但由于没有一技之长，他尝试过许多种生意都失败了。这时，他把眼光对准了那个最简单也最不容易的行业，收破烂。1998年，25岁的他倾其所有收购了一家废品收购站，从此当起了破烂王。

　　收了一段时间破烂后，李申奇发现，如果各种垃圾都收，光是分类、议价就占用很多精力，而且由于废品价格不同，很容易此消彼长，辛辛苦苦却挣不到几个钱。于是，他就想能不能做品种单一的垃圾收购站。想做就做，他立刻着手开始观察市场，很快，他发现了一块不为人注意的领地，废报纸。

　　他发现，废报纸一直有很大的需求量，但是价格却波动很大，如果能在低价时囤积在高价时卖出，一定会有不菲的收益，但要囤积就得有流动资金，否则很容易无法运转。经过深思熟虑，他去银行申请了贷款，同时把垃圾收购进行了分类，六成用来囤积废报纸，四成用来收购其他垃圾，保持一定的收益用来还贷款。

　　这一次，他成功了。当时的纸价低得惊人，许多废品收购站甚至以无处囤积为由拒收废报纸。他却反其道而行之，大量收购废报纸，最多时他仓库里有三千吨废报纸。一年后，纸价翻翻，除去分拣、运输、贮藏等成本，李申奇净赚了 100 多万元！

此后的十多年，李申奇认准了废报纸，不论纸价涨跌，他的仓库里始终保持有三千吨左右的存货，虽然有时账面会有亏损，但由于流动资金宽松，他也并不着急。为了囤积更多废报纸，他专门建造了两个占地面积达 13000 平方米的大仓库。仓库里随处可见打成包的废报纸，一垛垛地堆放着，远远看去就像厚厚的墙。

李申奇说，最近一段时间，废报纸的价格始终在 0.6 元/斤的价位徘徊，说明价格已见底，价格随后将慢慢回升，到时就可陆续出手一部分。

从他的自信满满中可以看出，李申奇早已发生了脱胎换骨的变化。十多年辛苦创业的时光，李申奇一刻也没停止过学习，他读了 MBA 课程，并招聘了名校管理学毕业的研究生来担任助理，专门负责起草公司的规章制度、组织架构管理培训机制等。

他说："我希望有一天，公司里任何一个人，只要依据相应的操作手册，就会分拣纸张，就会打包、整理，这样就算我不在，公司也能照样运转。我觉得，不能让人来管理公司，而是要让制度来管理公司。"

如今，李申奇已拥有七家分公司，16 家直营废品收购站，六家对口经营的收购站，身家上千万。下一步，他要实现心中废品回收连锁经营的梦想，建立真正的垃圾收购帝国。

替别人数钱，为自己赚钱

1999年11月，一份冠名胡润的中国富豪排行榜在《福布斯》杂志亮相了，在中国素不习惯"显山露水"的谦逊氛围中，这份张扬的"富豪排行榜"立刻一石激起千层浪，成为舆论的焦点。转眼十二年过去了，胡润排行榜的内容更加丰富，资料更加翔实，它早已不必借助《福布斯》杂志，因为排行榜本身已经成为一块金字招牌。在这块招牌背后，一个名叫胡润的英国青年也渐渐浮出水面，这个替别人数钱，为自己赚钱的年轻人，以不凡的财智眼光为自己的财富列车打造了一条独一无二的金光大道。

1997年，27岁的英国青年胡润从伦敦来到上海工作，他最初的想法只是希望奋斗几年后回英国做个中产阶级，但生活一段时间以后，胡润发现中国正处于一个极速发展的时期，一些富豪已经崭露头角，并将很快走向世界。胡润意识到，这些人的故事就是中国的故事，对于他们，中国乃至全世界都非常好奇却又毫不知情，这将是一块极富潜力的财富处女地。

1999 年，胡润辞去工作，开始着手编排中国企业家排行榜。作为第一个吃螃蟹的人，胡润起步其实并不顺利，在国内根本没有一家媒体对此感兴趣，于是他联系了美国《福布斯》杂志。同年 11 月，排行榜在《福布斯》杂志面世，但是，这看似荣耀的工作并没给胡润带来财富，《福布斯》杂志提供的稿酬极低，仅够他支付雇用员工的薪水。

但胡润并不着急，他明白，《福布斯》只是一块跳板，随着榜单发布，中国富豪榜将会引起全世界的关注。果不其然，2000 年 10 月，《福布斯》主动找到胡润，特邀他合作完成当年度的"中国财富人物排行榜"。胡润的第一步目的已经达到，他开始迅速在中国寻找媒体支持。

2000 年度胡润排行榜公布后，国内媒体的接连报道彻底吸引了国人的眼球。"富人们的钱是从哪里来的"成为中国各阶层讨论最激烈的问题，胡润知名度大增。也正是从那时起，在中国人眼里，胡润成为财富排行榜的代名词。

又过了两年，胡润觉得，是到了利用《福布斯》中国富豪榜为自己做点事情的时候了。他动起了编书的念头，希望以"福布斯"中文名给书冠名，但《福布斯》却拒绝了这个要求。胡润与《福布斯》的矛盾开始加剧，2002 年 12 月，胡润与《福布斯》的缘分走到了尽头。

单飞后，胡润并没有慌乱，他知道，自己面临的机遇远远大于风险。2003年3月，他组织了"中国财富品质论坛"，凭借已经建立的名气，"胡润财富系列"新书销售火爆。随后他宣布，将与国际著名传媒集团"欧洲货币机构投资"合作，共同推出"中国大陆百富榜"。新闻发布会上，胡润竟然用一纸传真请来了时任英国首相布莱尔，此举让几乎所有人都认定胡润与英国政界、中国商贾交情甚深，这也为他今后的发展铺平了道路。

随后的岁月里，伴随着中国经济的腾飞，胡润排行榜也进入了高速发展期，2011年，在做了12年百富榜后，胡润从一个普通的英国青年变成了在中国颇具知名度的人物，每年都能创造上千万的不菲收益。

胡润，这个英国小伙凭借着独到的目光与不懈的努力，在中国打下了属于自己的江山，缔造了一段传奇。谈起下一步打算，胡润信心满满地说："胡润百富榜，我希望它能成为中国百年企业的招牌。"

小土豆的完美蜕变

1989年，结婚不到一年的刘新下岗了，为了生计，他开了家冷面馆。但由于饭店位置不好而且没有特色，不到一年，他不仅把本钱赔光，还欠了很多外债。为了还债，刘新蹬上三轮车到处送菜。送菜时，他和许多饭店老板拉近乎，套生意经，渐渐地，他发现一个规律：凡是生意好的饭店都有它的经营特色。

一年后，他用房子做抵押兑下一个小饭店，为了让小店有特色，他粉刷了墙壁，并购置了几套新餐桌。由于小店实惠干净，刘新又热情周到，这家名为"林苑冷面馆"的小店很快吸引了不少顾客。

这时候，一件小事改变了刘新的命运。有一天，他在街上突然听到两个人说："走，到林苑吃小土豆去。"他心中一动，自己开的是冷面店，顾客却说吃小土豆，可见小土豆很受欢迎啊。于是，第二天他把小店改名为"小土豆"酱菜馆。

小土豆是一种东北特产，个头比一般土豆小，但营养价值却比大土豆高得多。刘新四处走访，收集民间烹调小土豆技术，去粗取精，细心琢磨，利用多种药材自行研究配制出了炖小土豆汁，并加进酱油、五花肉、香菜等进行炖制，慢慢形成了自己的特色。

除了有特色，刘新的"小土豆"还有价格优势。一大碗"小土豆"十元钱，加上两个花卷两元钱，足够两个人美餐一顿。诸多优势下，"小土豆"一问世就受到热烈欢迎，常常出现客人等桌就餐的情景。一时间，"小土豆"迷住了所有顾客，还出现了这样一句口头禅："好吃吃不够，沈阳小土豆。"不到两年时间，刘新就赚了上百万。

但是，就在一切蒸蒸日上时，意外发生了。由于种植小土豆利润少，一些农民停止了种植，饭店缺了货源，面临着停业危险。这时，亲朋好友劝刘新："你已经挣了不少钱，干脆关店回家过好日子算了。"但刘新不这么想，他一直有一个梦想：把小土豆做大，让它走向全国，走向世界。他决定自己投资种植小土豆。

这一想法招来了包括妻子在内所有人的反对。他们认为那样做太冒险了，万一种植失败，就会把辛辛苦苦挣下的钱全赔进去。但刘新铁了心，他来到铁岭投资种植小土豆。因为没有经验，第一次种植失败了，他赔了整整50万。

但刘新没有就此罢休，他意识到自己有些急功近利了，于是他暂时放弃种植，转而与科研部门合作研究小土豆的种植方法。半年后，胸有成竹的他再次投资百万种植小土豆。这一次，刘新成功了。有了稳定的货源，他的"小土豆"很快又赚了大钱。

但这时，新的问题又来了：市内出现了十几家"小土豆"，使顾客们受到了误导。于是，刘新注册了"小土豆"商标。随着小土豆餐饮有限公司的正式成立，刘新的"小土豆"开始了向"金土豆"的快速蜕变。

随后的日子里，"小土豆"进入了快速成长期。后来，刘新已成为中国餐饮业的领军人物，拥有资产1.86亿元，他的"小土豆"餐饮有限公司已拥有130家连锁店。在沈阳小土豆连锁集团加盟店主会议上，刘新更是提出"做中国餐饮业麦当劳"的口号。

一枚小小的土豆，因为刘新的慧眼识珠和精雕细刻，终于变成了熠熠生辉的"金土豆"。"小土豆"的奇迹告诉我们，财富无处不在，只有我们找准契合点，投入智慧与决心，就一定能把握住商机，获取令人振奋的成功。

"小龙女"的财富红线

2003年，28岁的龚海燕郁闷地发现，自己已经成为"黄金剩斗士"。虽然贵为复旦大学研究生，但由于学业繁忙、择偶条件高、社交圈子小，终身大事已成为一项极难完成的任务，不得已，她把宝押在了刚刚兴起的交友网站上。

因为属龙，龚海燕给自己起了个网名"小龙女"。在几个交友网站交费注册后，她很快收到五花八门的信息，从笔友到一夜情，但没有一个靠谱。特别是一家号称有多位"钻石王老五"信息的交友网站，她按网站上的信息连发12封邮件却没有一个回复。感觉被耍的龚海燕质问网站客服，结果被反咬成"因为别人拒绝而无理取闹"。愤怒之余，她突然萌生了一个念头，何不自己建一个规范的交友网站呢？

2003年10月，龚海燕注册了"上海花千树科技信息有限公司"，建了一个交友网站。她精心设计了网站页面，并制订了严格的交友程序，学业之余，她把全部精力投入到网站的建设之中。

没想到，由于网站诚信度高，会员信息真实，并且完全免费，短短一年，网站在上海就有了很大的知名度，组织的活动动辄有数百人参加。但这时龚海燕也只是把它作为一个社会实践活动，希望找工作时能够给自己加点分。

然而，这种"加分"的想法却适得其反。2005年龚海燕面临就业，几乎所有面试机构都提出要关掉网站才录取她，理由是网站占用了她的时间与精力，会影响工作。此时，龚海燕已做了近两年网站，已把它当成生活的一部分，根本舍不得放弃。这时，她萌生了一个想法，为什么不把它变成工作呢？

　　似乎是冥冥中天注定，没过几天，龚海燕碰见了一位贵人——新东方副总裁钱永强。钱永强关注她是因为发现她组织的一次活动，排队长得让他惊讶。为了验证网站效果，他注册了一个用户名，对其流量和效果进行了测试，结果令他惊喜不已。两人见面后不久，200万元的投资就打到了龚海燕的账上。

　　随着资金注入，"有偿服务"被提上了议事日程，因为投资人是要看到效益的。龚海燕试着搞了几个收费项目，如交纳会员费、"看信就要买邮票"业务等，结果发现会员普遍持理解态度，这也坚定了她搞好网站的决心。

　　有了资金，龚海燕的一些设想也能够实施了。为保证会员信息的真实性，她引入公安部的认证体系，要求会员输入身份证信息，此外，她还坚持人工审核，要求客服人员要仔细查看每一封信件，一旦信件所有者因不当言论被加入黑名单，就会根据IP地址以及手机号对使用者进行屏蔽。

　　随着网站规范程度越来越高，会员人数也越来越多。2011年，网站已拥有了4000多万注册会员，并有高达500万的会员通过网站喜结连理。网站运营进入了高速增长期，2010年净收入高达1.6亿。龚海燕每天都忙得不亦乐乎，她笑称，这个看起来很浪漫的事业其实"是件非常累的事情"。

是的，龚海燕的网站就是中国最大的婚恋类交友网站"世纪佳缘"。

2011 年 5 月 11 日，世纪佳缘成功登陆美国纳斯达克创业板，随着股票上市，龚海燕身价已高达 1300 万美元，并被网民誉为"网络红娘第一人"。经过八年努力，这位小龙女用手中的红线带来了滚滚财富，也为中国个人创业史写下了浓彩重墨的一笔。

把家具店开到顾客家里

英国伦敦是出名的寸土寸金，因为地价太高，一些销售商把店面开在远离城市的郊区，这其中，家具销售首当其冲。家具占空间大，还不是日用品，所以家具店都远在郊区。对英国人而言，购买家具是一件苦差事，他们要忍受一两个小时的乏味车程，还要忍受高得离谱的家具价格，这让一贯优雅的英国人怨言不断。

生活在伦敦的华人小伙李宁也曾深受其苦。有一次，他看中了一款沙发，一看价格却高达 3000 英镑，正当他准备咬牙买下时，一位朋友打来一个电话。当朋友得知他正在为买一款沙发而苦恼时，不禁大笑起来，原来，生产这款沙发的工厂正是朋友的企业。

朋友告诉李宁一个惊人的秘密，这款沙发的出厂价格只有 250 英镑，如果直接从厂家买，只需要付一笔托运费就行了。李宁大喜，他直接从朋友手中购买了沙发，省下了一大笔钱，而这次经历也引起了他对家具市场的兴趣。

他想，一件家具从工厂到顾客家中，中途有很多中间商参与，价格被不断抬高，如果能将顾客直接与生产商联系起来，生意应该很好。可是怎样才能抛开中间商，把家具店开到普通人家中呢？李宁想到了电子商务。近年来，随着网络发展，电子商务无孔不入，众多行业都披上了互联网的外衣，而家具业是互联网尚未涉足的少数行业之一。

2010 年夏天，李宁创办了 Made. com，开了网上卖家具的先河。这个网站使用很简单，客户只需注册一个账号，就可以下订单。与传统公司相比，公司最大特点是生产什么产品全由顾客决定，这也是李宁深思熟虑后的结果。那些财力雄厚的家具公司会雇佣自己的采购员，前往世界各地的家具博览会购买设计，而李宁的网店负担不起如此巨额的开销，索性将设计选择权交给消费者，让他们自己选择家具。每个月，公司都会在网站上公布一批新样品图，让网友投票，得票高的产品会被纳入产品库，并向消费者开放订货。

公司开张两个星期，市场反应平平，一天只能接到一两个订单，这让李宁捏了一把汗，他决定在社交网络"脸书"和"推特"上做广告。这个举措立竿见影，不久，人们开始谈论这家独特的家具店，订单开始像潮水一样涌来。

公司的销售流程也非常简单，顾客选择产品后下单，每个礼拜李宁将订单汇总，将它们交到生产商手中，按照需要的数量和类型进行生产，产品生产完成后，通过海运运往英国各地。顾客能通过网站查看货物运送的路径，追踪货物，货物抵达后，公司会与客户订好时间，送货上门。

李宁说："通过这种方式，我们就不需要仓库，节约了大量成本。如果顾客从一家实体店购买一套家具，中间涉及的人包括生产商、货运商、批发商等，消费者可能要为此支付 2000 英镑，但如果直接从 Made. com 上购买，只需要 550 英镑。"

巨大的价格差和过硬的产品质量让李宁的网店开得风生水起，经过一年发展，每月有超过 50 万人浏览网站，公司每天能销售一集装箱家具，月利润高达 60 万英镑。在公司官网上，有众多造型新潮、价格低廉的家具设计图，橘子般的沙发椅，蜂巢形的书架，链条状的茶几，波浪形的储物架等应有尽有。消费者足不出户，便能购买到心仪的家具。

李宁的成功其实并不复杂，一切都替顾客着想，让顾客省时省力又省钱，试问，有哪一位顾客会对这样的商家说"不"呢？

破解"维多利亚的秘密"

"维多利亚的秘密"是全球顶尖的美国内衣品牌，它拥有超过 1000 家连锁专卖店，年销售额高达 28 亿美元。全世界的年轻女士都以拥有一件"维多利亚的秘密"内衣为荣，但是，鲜为人知的是，手握这一全球女人最高"密码"的居然是一家名为维珍妮的深圳内衣企业。

维珍妮的前身叫作信昌膊棉厂，成立于 1985 年，由港商洪游奕投资建立，专门生产西服垫肩。厂子成立后解决了当地上千人的就业问题，但是在 1997 年，亚洲金融危机爆发，公司订单大幅减少，瞬间便到了生死存亡的境地。

为了摆脱困境，洪游奕决定转型。经过周密的市场调研之后，他将目光对准了胸衣模杯生产。但是转型之初生意并不好，当时模杯是纯手工制作，技术含量不高，常常出现尺寸不一的现象，这也让公司在同行业中的竞争力不强。但洪游奕是一个具有发展眼光的商人，他偶尔接触到了当时还不成熟的电脑 3D 技术，这让他眼前一亮，如果运用电脑技术制作模杯，一定会让模杯更加规范。

他想做就做，从有限的资金中拿出 200 万元，专门研发电脑开模技术。半年后，运用 3D 数控系统开模和样板开发的软件研制成功。有了电脑数控，开模更加快捷，精准度更高，第一批模杯投放市场后立刻引起全球内衣企业的追捧，这也让洪游奕坚定了做内衣产品的决心。1998 年，他将公司改名为维珍妮，开始了一段传奇历程。

由于掌握了电脑开模的核心技术，维珍妮获得了众多知名内衣品牌的大量订单，企业利润在金融危机中不减反涨。尝到甜头的洪游奕在研发上大幅增加资金，在随后的几年内，先后开发出了一片式胸围、水袋胸围，同时进行了两次规模上亿元的大型投资，开发出 3D 包边技术、热熔黏合技术，购置了大量先进生产设备，厂区总面积扩大至 30 万平方米，公司员工也猛增至两万人。

随着实力大增，国际知名内衣品牌也纷纷找上门来，首先来的就是"维多利亚的秘密"。这家全球顶尖的内衣品牌不仅投来大量订单，还委托公司进行研发设计。维珍妮没有辜负它的超高期望，开发出的一款水袋胸衣"维多利亚的秘密"一年就卖出了 1000 多万件，成功打破了西方企业对该品牌的垄断，并逐渐实现了对该品牌的垄断。

目前，维珍妮是享誉国际的内衣生产业龙头，一年可设计生产4000多万件胸衣、生产上亿对模杯，是全球最大的模杯加工厂。2010年，维珍妮被美国内衣协会评为"年度供应商"，此奖项被誉为内衣行业的"奥斯卡"，这也是亚洲内衣制造企业首次获此殊荣。

维珍妮成功的秘诀是什么呢？公司研发总监刘震强给出的答案是创新！创新！再创新！可以说，创新是维珍妮发展壮大的基石，许多非凡创意正是在不断的创新中产生的，譬如热熔黏合技术。原来黏合海绵和布的时候需要喷溶剂，不仅刺鼻难闻，还造成大量浪费。在瑞士举行的一次展览会上，公司技术人员偶尔看到了热熔机。当时该设备用于汽车设备生产，但技术人员从中得到启迪，回国后报告了董事会，公司当即决定花巨资进行改进，并在半年后首次实现了黏合技术的创新。

正是创新的力量破解了"维多利亚的秘密"，支撑着这个曾经偏安一隅的小服装厂成为全世界内衣行业的翘楚，在那些世界名牌光鲜亮丽的背后，饱含着东方智慧的创新力量。

99% 如何成为 1%

电信市场战略咨询专家王煜全有一句著名的预言："移动互联网可能会有超级成功者出来，但 99% 会失败！"这句话预示着，在风起云涌的互联网上，只有 1% 的成功者。那么，什么样的人才能成为这 1% 呢？这个答案有些出人意料，其实这 1% 的成功者都是出于 99% 的失败者。

他属于那 99% 的失败者。2011 年，他一手创立的爱卡汽车网因为融资问题被迫出售，第二个创办的网站"译言网"又遭遇关停，庞大的投资打了水漂。他本人也患上了抑郁症，人生进入了绝对的低谷。

他停止了生意，一边养病一边思考出路，百无聊赖时，就用手中的苹果手机玩游戏。渐渐地，他成了一个游戏迷，最喜欢玩的就是"愤怒的小鸟"。

有一天，一位好友在他的微博上留言，说有款叫作"捕鱼"的游戏很火，非常好玩，建议他体验一下。他二话没说，第二天就跑到游戏厅玩了一天。玩得很痛快，回到家吃了晚饭，他习惯性地拿出苹果手机打开了"愤怒的小鸟"。突然心头灵光一闪：如果把这种捕鱼的游戏放在 App

Store 平台上，依靠苹果帝国的巨大影响力，是不是会像"愤怒的小鸟"一样风靡全球呢？

有了目标，他心中重新燃起了希望之火，他立刻召集团队，准备开发这款游戏。但是，他的团队没有任何游戏开发的经验，他便让几十个员工天天去游戏厅体验这款名叫"捕鱼"的游戏，之后投入产品研发。没过多久，"捕鱼达人"在 App Store 平台华丽亮相，上线三个月，已赢利高达 500 万元。

"捕鱼达人"带他走出了人生的低谷，从此，他彻底迷恋上了这条"小鱼"。每天他都花很多时间亲自进行游戏体验，看哪里还需要改进，然后就和团队一同讨论整改方案，而创意的不断升级也给他带来了巨大的回报。2011 年，"捕鱼达人"连续被苹果公司在 App Store 首页推荐六周，总下载量突破 2600 万次，活跃用户数量达 220 万，曾在 33 个国家的 App Store 中下载量排名第一，带来的利润超过了千万元。

至此，他成功地从 99% 进入了 1%，成为一个超级成功者。但他仍然没有摆脱危机感，因为他知道，1% 的成功者实际上正是从 99% 的失败者中而来，如果停滞不前，自己随时可能再次成为那 99% 的失败者。于是，他给自己定下了一个永远有压力的目标："我要做用户永远不会删的游戏！"

他叫陈昊芝，触控科技 CEO，风靡全球的游戏"捕鱼达人"的创始人。他用亲身经历告诉我们，要想成功，其实可怕的不是失败本身，而是少了一颗追求成功的心。

小菜单中的大商机

美国人切里利是个不幸的人，15 岁时，他被一辆汽车迎面撞倒，身体多处骨折，三周后，他又听到父亲患肺癌晚期的噩耗。父亲在两个月后过世，这时，摆在切里利面前的，是庞大的医疗账单和没有任何经济来源的残酷现实。

伤好后，欠了一大笔钱的切里利开始想办法赚钱，他帮人写论文，为癌症协会骑单车横跨美国做广告，还担任过某服装品牌的模特，每天要做 300 个仰卧起坐和俯卧撑。但是，十多年过去了，切里利的经济情况没有任何改观，已年满 30 岁的切里利有了创建公司的想法。

创业从何处入手呢？切里利苦思冥想。这时，在一家餐馆的经历提醒了他。那天，他来到一家餐馆，发现里面早已人满为患，许多没有座位的顾客都在焦急等待，他好不容易找到一个空位，却被告知要点菜还得继续等待。听着顾客们的抱怨声，看着餐馆经理着急的样子，切里利心中一动，如果能开发一个软件，可以提前预订座位，预订饭菜，那么问题不都迎刃而解了吗？

2010 年 1 月，切里利创办了单一平台公司，开发了一款适合餐馆使用的菜单软件。他说服了 300 家规模较小的餐馆试用该软件，因为这一类餐馆往往用于管理的精力并不多。

使用软件后，餐馆管理水平果然有了很大提高，而且通过互联网，这些餐馆还免费做了一次广告，软件取得了初步成功。但这时，大型餐馆仍然有所犹豫，它们有固定的客源和管理模式，不知道这个软件能否起到作用。

这时，一份数据让这些餐馆下定了决心。2011 年 4 月，一次传媒大会上，一位黄页公司高管展示了一份数据：62% 的黄页用户曾访问该网站来搜索餐馆菜单，但却有 95% 用户失望而归。切里利立刻发现了商机，他承诺向黄页公司提供成千上万份本地菜单，填补这一数据空白。

切里利的承诺兑现后，立刻引发了媒体关注，《纽约时报》也进行了专题报道。从此后，公司的业务量猛增，并获得了 325 万美元投资。这让切里利信心百倍，他立刻着手升级软件。现在，软件的"喜欢"功能可以帮用户了解哪些餐馆比较热门；搜索功能可以扩展到多个合作伙伴的网站上，帮你寻找五公里以内的餐馆和商店，购买特别的东西；软件还开发了宠物餐馆，人们可以找到经常被推荐的狗粮在哪家宠物店有售，并且点击几下就可以进行支付。

2012 年 3 月，全美 6 万家餐馆签约使用了该软件，它们可以在自己的网站、移动设备上管理菜单和价格清单，还可以在出版商网络上展示自己的商品。这个出版商网络包括《纽约时报》、黄页、Foursquare 网站（一家基于用户地理位置信息的手机服务网站）和谷歌等，所有商家都可以在用户查看菜单时享受到丰厚的广告收益，而这一切，仅需要 495 美元。大中央餐饮集团合伙人里亚尔说："这是我花得最值的一笔钱。我每天可以更换菜单三次，而且各个地方的菜单都得到了更新：我的网站上、脸谱网站上、互联网上的任何地方。"

仅用了一年时间，切里利公司的客户量就从 2000 家猛增至 60 万家，销售额从 200 万美元井喷至 1500 万美元。在接受媒体采访时，切里利激动地表示，这一切都要归功于自己的父亲。他向大家展示了自己背后的文身：一个大大的单词"Imagine（想象）"。

切里利说："父亲过世前对我说：'你可以唉声叹气，也可以想象自己要往哪里去，然后努力到达那里。'是的，是父亲的话一直激励着我走到了现在。"

正是因为从未放弃过关于未来的美好想象，切里利尽管受到许多打击仍然信心满满，并从小小的菜单中觅到了巨大的商机，最终获得了成功。

三星为什么输给苹果

苹果与三星是世界电子科技产业的两大巨头，特别是在智能手机领域，在 2012 年，苹果市场份额为 39%，三星则以 30% 紧随其后，其他公司难以望其项背。

近年来，三星一直以追赶苹果为目标，但是，虽然双方的差距有所缩小，却仍然有着不小的差距。这两家公司都拥有世界最好的技术研发团队，他们的产品质量也不相上下，那么，这种差距来自何处呢？

2013 年 3 月 15 日，三星 Galaxy S4 在纽约无线电城音乐厅闪亮登场。这场手机发布会被设计得花哨无比，发布会随着鲍伯·迪伦的名曲《刀锋马克》音乐声开场，著名童星杰里米抱着装有新款手机的小箱子走进会场。现场气氛极为神秘，勾起了在场观众极大的好奇心。在随后的新产品功能展示过程中，始终有一支庞大的交响乐队在现场演奏，还不时有身着华丽衣装的男女演员载歌载舞。如果你刚刚走进会场，你一定不会认为这是一个新产品发布会，这简直就是一场世界顶级舞蹈秀。

事实上，这也是三星一直追求的效果，炫目的色彩效果与强烈的感官冲击被三星高层认为与产品理念很符合。在三星看来，更多就是更好，S4 比 iPhone 5 拥有更高的屏幕分辨率，像素几乎多出两倍，更大且更快。而其手机内置的软件更为出众，本身包含 16 款名称各异的功能，创意十足，例如支持两个摄像头同时拍摄并合成为一张图片、可将语音转文字和将文字转语音的内置语言翻译等，能提供给用户众多全新体验。

但是，在所有这一切都近乎完美的情况下，三星的市场份额仍然不及苹果，问题到底出在哪儿呢？

三星公司发言人在发布会上说："我们的产品能让生活变得丰富多彩，这就是打造一个更好的全球化社会的全部意义所在。"从这句话中，我们可以感受到三星公司的勃勃雄心，但同时，这句话也反映出一种幼稚的认识，似乎是把三星手机置于推动人类发展的高度上。这显然是一种家长式作风。事实上，这种雄心壮志曾被三星公司在不同场合反复提及，他们把智能手机对世界的影响看得太高了，甚至隐隐有了置于顾客之上的苗头。

三星在 S4 上推出了一堆内置软件应用，消费者却并不买账，因为这些功能没有多少实际用处。但是，三星的企业理念认为消费者应该买账，因为这些东西不论对个人还是社会都是好的，能改善大众生活和全球社会。三星考虑得很全面，却唯一没有考虑消费者个人的感受。特别对追求个人自由的美国人来说，他们极其反感这种家长式的说教，因此相当一部分美国人对三星说了"NO"，他们告诉三星：汉堡比花椰菜受欢迎，老兄。

事实上，智能手机确实已在社会中造成了某种影响，并渐渐有了集体主义倾向，但对于大多数付钱购买手机的消费者来说，智能手机还只是一件自娱自乐的工具。事实上，在亲身感受到三星 S4 发布会的震撼效果之后，许多观众都表示不以为然，很多人将发布会形容为"超越顶峰"，暗讽三星的发布会有点用力过猛。而另一些批评则更为尖锐，比如CNET（美国一家网络媒体公司）的莫利·伍德这样评价发布会："五音不全且令人吃惊地充斥着男性至上色彩。"

与三星相比，苹果新产品发布会却呈现出了别样的色调。如果你也参加过苹果的新产品发布会，你一定可以强烈感受到其中的不同：三星是铺张华丽的载歌载舞，苹果则是身着黑色高领衫的史蒂夫·乔布斯独自一人站在聚光灯下侃侃而谈。苹果 iPad 2 的 30 秒广告是史蒂夫·乔布斯在世时介绍的最后一款产品，广告标题非常简单："我们相信！"这则广告说道："当科技摆脱了原有模式时，一切会变得更愉快，甚至充满神奇。这就是你飞跃向前的时刻。"这基本上就是苹果公司的使命宣言。它更多地讲述了神奇，而不是管理。

两家公司产品发布会更具存在主义的形象对比，让所有人都充分感受到了三星和苹果之间存在的差异。这是一种经营文化的差异，实际上就是极繁主义与极简主义之间的差异。

三星不敌苹果的关键正在于此，三星将技术对社会的影响看得过于简单化了，将技术的打磨搞得过于复杂了，因为过于追求技术而忽略了使用者的感受，而苹果的极简主义则牢牢把握了消费者这一位于消费链顶端的存在。相比三星，苹果不相信新产品能改变你的生活。但事实上，苹果产品已经改变了你的生活，所以它传递的信息非常简单，它所召唤的是众多此前已存在的、高度正面的联系。

在苹果对 iPhone 5 进行的介绍中，乔纳森·艾维说："鉴于人们与其苹果手机间建立起来的独特关系，我们对改造手机持非常严肃的态度。"设计编辑克里夫·库昂说："随着时间的推移，苹果自身的设计愈加趋于保守。苹果可能已经发展到了公司对设计造成坏影响的地步，因为他们的范例限制了其他人对优秀设计的想象力。"

其实，苹果不是不具备让手机功能更为强大的技术，但苹果认为适合的才是最好的，而功能的繁杂会使顾客无所适从，所以苹果只会在顾客最关注的领域加速升级。把硬件规格和创新应用放在一边，苹果在把握消费者自我感受方面比三星更准确。与三星将软、硬件分开研制不同，苹果让乔纳森·艾维同时负责软件和硬件，因为他知道消费者之所以对 iPhone 情有独钟，不在于手机是什么，而在于手机能做什么，这才是最重要的。

苹果崇尚简单，力求把产品做得简单，将顾客置于上帝的位置。顾客买了苹果产品，只需安心享受就行了，而三星却推崇繁复，在产品功能上做得包罗万象，功能五花八门，却让顾客难以把握。正是这一点让两家公司产生了差距。从某种意义上来说，这是一种哲学意识上的胜利，苹果将市场营销提升到了哲学的高度，用实用的极简主义击败了三星华丽的极繁主义。

为"夕阳产业"涂抹朝阳的色彩

在当今科技发展日新月异的年代，许多古老的事物不可避免地面临着退出历史舞台的命运，这其中，蜡烛无疑是其中之一。它照明的功能早已被各式各样的灯具代替，成为一个渐渐没落的夕阳产业。但是，有一家公司却恰恰相反，将目光放在了小小的蜡烛身上。他们敏锐地发现了小蜡烛中蕴藏的诗意与格调，并由此入手，为一个"夕阳产业"涂抹上了朝阳般灿烂的色彩。

这家公司就是扬基蜡烛。走入它遍布全球的连锁店，你会看到，深蓝色的木质架子上摆放着各色蜡烛，色彩缤纷，清香四溢，仿佛进入一个静谧的花园。这不仅仅是奇妙的感官愉悦，更激发了人们对于美好生活的憧憬。

1969年，17岁的迈克·基特里奇将彩色蜡笔融化为一支蜡烛，作为圣诞礼物送给了妈妈。当他看到妈妈因蜡烛的美丽而落下幸福的眼泪时，他有了与所有人分享这份美丽的渴望。很快，扬基蜡烛横空出世，并开启了一段传奇旅程。

创业之初，公司定位便很清晰，蜡烛只是一个载体，公司要出售的是一种高品质的家居生活方式。公司将蜡烛的色彩与味道作为主打，通过不同的色彩与味道给顾客不同的体验。扬基蜡烛副总裁鲁福洛说："香味的体验是扬基蜡烛最大的销售驱动因素，这听起来有些像品味上等的葡萄酒，香味有很神奇的力量，能唤醒人们美好的记忆，让人兴奋抑或平静，但这些都极为感性而难以把握，我们一直在探索新的持久香味，也不断将点缀转化为一种生活习惯。"

为了将产品做到极致，扬基公司每年都会从上千份提案中选择 30 种投入市场，在不同季节或节日推出与之相符的产品。春意正浓时会推出樱花、法国香草和薰衣草香，夏日炎炎则会推出海洋、蔓越莓抑或薄荷的香味，秋高气爽则是应景的桉树或枫叶香，而严寒的冬季，烘炒咖啡和覆盆子奶油的香甜温暖更是让人心生暖意。有了好的创意，更要有过硬的质量，扬基蜡烛坚持使用棉灯芯，从大豆中提取植物蜡，这样蜡烛更为柔软细腻，燃烧过程平整均匀、无烟且更为持久。

如此精致的香薰蜡烛自然会让女性无法抵挡。但扬基蜡烛并不满足于此，他们将目光对准了购买能力更加强大的男士群体。

2012 年父亲节期间，扬基蜡烛第一次推出了专门为男士打造的"男士蜡烛"产品线，并在官方网站上发表公告："父亲节，为什么不给爸爸送一支蜡烛呢？"

事实上，"男士蜡烛"早已进入市场研发阶段。在推出的系列产品中，从工作和游戏中获取灵感，木材和麝香混合的"Man Town"（城市男士）极具老男人的性感与阳刚；"Riding Mower"（乘式割草机）则是强烈夏日中刚割下的青草香。草坪上的棒球、篮球比赛等外包装都在消除男士心里的忧虑，让蜡烛也变得充满阳刚之气。

在这一营销举措推出的第五天，扬基蜡烛官方网站上老客户的访问量就比去年同期增加了 167%，而新访客的访问量则增加了 222%。两个月后的父亲节，有着性感古龙水味道的"Man Town"一举登上同期所有产品的销量榜首。而在 2012 年扬基蜡烛的财报中，男士消费者已经上升为整体消费群的 40%。而如今，越来越多的男士喜欢上了这些别致的小蜡烛。

香薰蜡烛并不是生活必需品，而是成为可消费的高端礼品。经过 40 多年的苦心经营，扬基蜡烛已成为全美最受欢迎的蜡烛，已在 55 个国家开设 5900 家专卖店，品牌估值高达 20 亿美元。

小小蜡烛带来了巨大的财富，更为这个夕阳产业涂抹上了朝阳般灿烂的色彩，这其中蕴含着的其实是高人一筹的营销智慧与锲而不舍的创新品质。